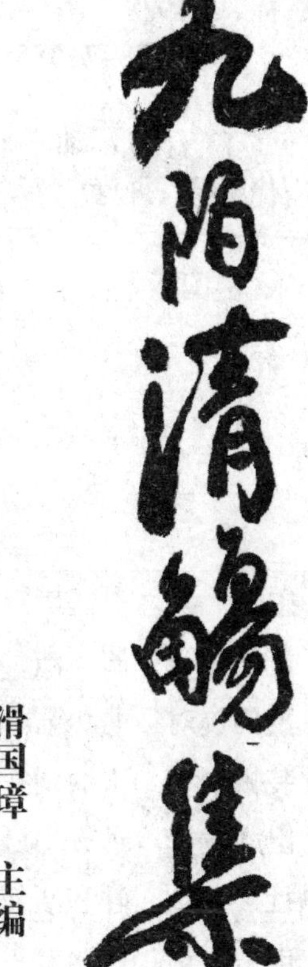

滑国璋　主编

YUANFANG
远方出版社

图书在版编目（CIP）数据

九陌清觞集 / 滑国璋主编 . -- 呼和浩特 : 远方出版社 , 2019.9

ISBN 978-7-5555-1326-1

Ⅰ . ①九… Ⅱ . ①滑… Ⅲ . ①诗词—作品集—中国—当代 Ⅳ . ① I227

中国版本图书馆 CIP 数据核字 (2019) 第 198218 号

九陌清觞集

JIUMO QINGSHANG JI

主　　编	滑国璋
责任编辑	蔺　洁
责任校对	蔺　洁
装帧设计	富丽娟
出版发行	远方出版社
社　　址	呼和浩特市乌兰察布东路 666 号　邮编 010010
电　　话	（0471）2236473 总编室　2236460 发行部
经　　销	新华书店
印　　刷	呼和浩特市达思特彩色印务有限公司
开　　本	145mm × 210mm　1/32
字　　数	180 千
印　　张	8
版　　次	2019 年 11 月第 1 版
印　　次	2019 年 11 月第 1 次印刷
标准书号	ISBN 978-7-5555-1326-1
定　　价	36.00 元

如发现印装质量问题，请与出版社联系调换

《九陌清觞集》序言

——一段值得骄傲的记忆

康　福

由滑国璋牵头，酝酿已久的诗友合集《九陌清觞集》终于将付梓面世了。几个诗友合作出版一本诗集，出发点有二：一是为因诗结谊留个念想；二是在取长补短、互相借鉴的基础上，对几十年的诗词之履做个简要的总结。

说到友谊，自然离不开诗词这条友谊的纽带，更离不开这条纽带的载体——内蒙古诗词学会。内蒙古诗词学会自成立以来，在历届会长刘哲、谭博文、贾学义等的领导之下，搞得风生水起，红红火火，吸引和培养了不少在全区乃至全国有影响的诗人、词家，也为我们这些诗词爱好者提供了一个结识、交流、学习、提高的平台。《九陌清觞集》的九位作者，有六位是曾经或者现在仍然在为内蒙古诗词学会服务的志愿者，其余三位则是内蒙古诗词学会的铁杆会员。对于我们，在诗词学会服务的十几年，实在是人生一段难忘的经历：结识了互相之间没有利害关系而又志趣相投的同志，做了一辈子想做而无缘做的事情，成就了但凡年轻人都会有的诗人梦。随着岁月的流逝，我们从组织上将逐渐地淡出这个文化团体，思想感情上却怎么也扯不开，真有点儿“剪不断，理还乱”的感觉。新陈代谢毕竟是社会发展的自然规律，我们在内蒙古诗词学会的所作所为，纵然也有轰轰烈烈的时候和可圈可点的亮点，但终究将成为历史，并且逐渐地淡出人们的视野和记忆。出这本书，就是想以诗家之所能，在这段历史中留下一点儿我们的痕迹，不负此生之所爱，不负十几年的辛勤付出。

八位同仁，虽不敢说个个是内蒙古诗词界的佼佼者，但绝大部分在这个圈子里是享有盛誉的。他们在诗词创作上，或“铁板铜琶”“大江东去”或“红牙拍板”“柳岸晓风”，总之是各有各的风格，各有各的特长的。现在每个人选出自己有代表性的作品几十首，汇集一册，以便大家互相学习、互相交流、取长补短、共同提高。再过五年、十年，当我们老了，天各一方，无缘见面的时候，再翻开这本书，是否会有一种读诗如晤面的感觉呢？

这本书也作为我们九个人的一点儿薄礼，送给区内外那些曾经和我们有过相交之谊的诗友，感谢老天给我们提供的最有意义的人生际遇；同时，也作为我们对发展诗词事业，弘扬传统文化的一点儿贡献。

九人之中滑国璋是大伙名副其实的老师，虽然论年龄他比我们大不了几岁，但论学养足堪成为我们的前辈。他是最早加入内蒙古诗词学会的。一九九九年底，内蒙古诗词学会初创时，他就被选为常务理事，可惜那一届因资金短缺一直无所事事。二〇〇五年换届后，他除继续担任常务理事，还兼任《内蒙古诗词》的编辑部主任。翌年，李文佑和我先后进入内蒙古诗词学会，他负责《内蒙古诗词》的编辑工作，我负责办公室工作。两年后经滑老师提议，我被列入编辑名单。搞编辑工作我们都是新手，而滑老师从青年时代起就是内蒙古党委机关刊物《实践》杂志和内蒙古文史馆的资深编辑，是为人作嫁衣的行家里手。这期间，滑老师除耳提面命地帮助我们熟悉编辑业务，还有意识地提携我们尽快融入内蒙古的文化圈，以便于开展工作。滑国璋是内蒙古自治区的文化名人，平日里少不了有一些文化团体和文化名人邀请他出席各种与文化有关的活动，只要是方便的时候，他都要带我们俩或其中之一参加。李文佑能在书画界崭露头角，全赖滑老师的鼓励和支持。滑老师还是一个心胸坦荡，敢于负责，敢于承担责任的好领导。编辑工作也不是一帆风顺的，常常会遇到一些无端的指责，而指责者一般都还有点儿来头，这总让我们这些来自基层的小人物感到十分为难。每当这时候，帮我们解围的准是滑国璋老师。比如，曾经有一个厅局级干部指责李文佑拒绝登载他的诗词作品，其实他的诗词是不讲究格律的。滑国璋知道后让人告诉他："不登载他的作品是我滑国璋的主意。"以质取胜是滑国璋办刊的指导原则。他最反感名人效应。比如刊物每个栏目的作者排序，他就不主张以官、以名论资排辈。滑老师对朋友、对同事，从不摆老资格，不恃才傲物。他曾经对我们说："到我家做客，谁不敢把烟头扔到地上就不是我的朋友。"当然滑国璋并不是主

张把抽剩的烟头扔在地板上，而是以此说明，只要是他认可的朋友，就不用多心，以此拉近和朋友的距离。所以，十几年来我们和滑老师一直是亦师亦友的关系。滑老师是大学问家，但是他对有学问的人，不论年龄，不论出身，都十分尊重，而且能放下身段，平等交流。他和依岚及闫克敏的友谊就足以证明这一点。依岚是个才女，长于填词，圈子里的人私下称她为小李清照。闫克敏广学博闻，诗词功底深厚。这两个人很受滑老师赏识。滑老师的几本著作，定稿前都要请闫克敏审阅，而且他的《扫叶集》序言，既不请高官写，也不请名人写，非要闫克敏捉笔。他的《空楼余响》出版后，闫克敏发现了一处引文有误，告知滑老师后，滑老师非常内疚，几次表示要改正后重印。而且，滑老师几次和我们夸赞闫克敏的治学态度。有一段时间依岚几乎成了滑老师的私人秘书，他的文稿整理、书籍编排，只要涉及电脑操作的，都要请依岚帮忙。我区著名作家张长弓的诗集的序言，就是他和依岚合作完成的。

除滑国璋外，李文佑是我们之中服务诗词学会资格最老，也是经营友谊最热心的一个人。李文佑是一个自学成才的诗家。他的古文功底有多深，用原内蒙古大学校长孙玉溱的话说："文佑到大学中文系当古文老师没问题。"他的诗风受李商隐影响较大，并且形成了自己的独特风格：寄情深，措辞婉，喜用典，善装句。他写诗特别喜欢在装句上下功夫，时左时右，忽断忽续，是他的装句特点，看得懂的，觉得委婉含蓄，看不懂的感到扑朔迷离。他的几十首无题诗是他诗词风格的典型代表。生活中的文佑和他的诗词风格就大相径庭了。他是一个待人热情，喜交朋友，说话直率，不掩心迹的人。在诗词学会十三年，他先后任《内蒙古诗词》编辑部主任、副总编辑等，以刊物为依托，结识了不少朋友，其中不乏慕名学习的诗词滥觞者，也不乏以诗结谊、趣味相投的诗友。向他请教诗词的既有在职高官，也有打工农民，不论什么阶层，他都有教无类，一样热心。有几年学会规定我们一、三、五到办公室坐班，他几乎每天都在办公室给诗友做辅导。有一个在呼和浩特打工的外地农村妇女，每当工余就要约他讲课，时间长了和我们都成了半个朋友。后来这个农妇因车祸身亡，他十分惋惜，在微信上发了一则悼念启事，因不合程序，还受到会长的批评。他待人的真诚几乎到了痴愚的程度。有一年我因体检做胸透，发现肺底有一指甲大小的结节，大夫让我做进一步检查，做了 CT，还让我再做核磁。我一气之下跑到北京 301 医院，检查结果是陈旧性结节，不用治疗，也不用服药。这期间，误传到学会一个信息：康福肺部长瘤子了！闻讯，文佑一时难以接受，生生地流了两行眼泪。有人告诉我后，我也感动地流了两行眼泪。文佑的家几乎成了外地朋友的接待站，管吃管住。王永雄每次来呼市，落脚点都是他家。而且他们两个谈起诗来，往往彻夜不眠，非常投机。文佑的真诚和热情赢得了圈内诗友的尊重和敬仰。大家谁有得意之作都想第一时间发给他，征询他的意见，几天不见文

佑的信息，心里就有点儿空荡荡的感觉。有一年因发在微信上的一篇文章，引起了误会：文佑没了。内蒙古作协副主席田彬第一时间（深夜两点）发了悼念文章。其他诗友将信将疑，想问又不敢问，只好躲在家里抹眼泪，听说依岚就哭得一塌糊涂。

张首贤、祁牧多虽然加盟内蒙古诗词学会工作团队迟了点儿，但我们的友谊在此之前三四年就开始了。对祁牧多我是先知其名，后识其人的，其中媒介也是滑老师。大约二〇〇八年，有人给滑国璋、谭博文等学会领导捎来几套祁牧多的诗词集，让我和文佑转给滑老师。因滑老师和我们处得比较好，我俩便将给滑老师的书截留几天，以便先睹为快。没承想看过以后让我们大为感叹：来学会几年，如此好诗还真不多见啊！于是我便有了想结交作者的意思。过了一年，河套酒厂邀请中华诗词和内蒙古诗词学会的部分人员进厂采风，其间，在一次宴席上我们有幸结识了祁牧多，但当时碍于有北京的客人，双方都不敢造次，只是礼节性地碰了一杯。晚饭后，祁牧多又悄悄邀请我俩到酒吧消夜。在酒吧，他一下子像变了个人似的，又能喝，又能说，谈笑风生，仿佛相识多年的老朋友。自此，我们便开始了诗词来往。2015 年他加盟诗词学会工作团队后，我们的友谊得到了进一步发展，我们仨，再加上闫克敏、张首贤、依岚等经常做一点儿带小资情调的诗词酬唱，发起人往往是克敏和牧多。此外，祁牧多还经常关注我们的诗词，但有感触，即行点评，有好说好，有赖说赖，不像有些人一味地竖大拇指。我、文佑、首贤的诗集都是他给写的序，润笔费分文不取，一杯酒足矣。首贤是一个成功的企业家，骨子里却流淌着绍兴师爷的血脉，五十多岁因身体不适，撒手企业，专心研究诗文。二〇一二年初到我们办公室，说自己是个诗词滥觞者，问这问那，我还真以为然。后来，看到他的诗词才觉得自己上当受骗了，原来这是一个学养深厚，谈吐不凡的学究。再后来读过他十几万字的诗词教程，觉得在他名下自己连个小学生的水平都不够。我在佩服他知识面广，研究问题精到的同时，更惊叹他的超常毅力。一个视力只有零点零几且刚刚做过手术，还没有完全恢复的病人，用不到半年的时间写出十几万字的著作，而且无论从内容方面，还是从技术层面都挑不出毛病，这是何等的伟大啊！二〇一五年他加盟诗词学会，担任副会长，常务副会长，我们在他的手下干事，觉得十分畅快。凡事他都以身示范，亲自动手。他有情有义，胸怀宽广，可以自己掏腰包资助诗友出版诗集，可以自己贴车贴油贴人拉我们下乡采风，还经常邀我们去他的别墅小酌，临走时，还不忘给我们塞一包他自己种的黄瓜、萝卜。

闫克敏、王永雄虽然没有参与诗词学会的具体工作，但因为他们在内蒙古诗词界较为显赫的名声，我们很早就有结交的愿望，很快便如愿以偿。初到诗词学会，零星看过几首闫克敏的诗，觉得思想阳光，立意新颖，语言朴实，用典老道，极像出自一个老学究之手。但他是何方人氏，又如何联系，谁也不知道。很快我便收到他的一封信，拆开一看是一首写岱海的七律。他说他是凉城人，在武川银行工作，从刊物上看到我们写岱海的诗，便勾起了他的思乡之情，于是便酿成了这首诗寄给我，以便共勉。从此，我们便建立了沟通热线，他的诗源源不断地寄给我们，我们也将自己觉得比较满意的诗作用短信发给他，间或我们还乘兴互相酬唱一番。文佑、滑老师、依岚和他的酬唱诗最多，我写酬唱诗不多，但百分之八十是和他酬唱的，而且多半是应邀酬和的。克敏是个高产的诗人，也是一个思维敏捷、情感丰富的诗人。我和文佑曾私下议论过闫克敏诗词的风格，我认为他是受陆游诗风影响的。果然，在一次交谈中，他说他最喜欢的诗人是陆游，他的好多诗是受陆游诗词的启发写成的。他还说他想得到一套《剑南诗稿》，但不知到哪里去买。后来没几天，我跑了呼市几个书店，给他搞到一套，他很高兴，回去后没用几天，就把八大本，加起来有二十厘米厚的一套书读完了。

王永雄是鄂尔多斯一个农民诗人，诗清丽飘逸，朴实无华，仿佛原野上一朵朵别具一格的小花，耐看耐闻。早在二十世纪末就引起了著名的两栖诗人贾漫和我区著名作家尚贵荣的注意，两位内蒙古作协的领导亲自为他的处女集写序。贾老称他的诗："以浅俗之词，发清新之思。"王永雄先是和文佑有交结，后文佑分别把他介绍给了滑老师和我，于是我们便成了朋友。他每次来呼市，我们都要聚聚。他很健谈，也很坦率，他说他一生的追求就是写诗，除了诗，金钱、地

位对他都不重要。在物欲横流，文风日下的今天，这是一种多么难能可贵的品质呀，所以我们都敬重他。

高科和我们相识最晚。他是乌兰察布师范学院的一名数学教师，已退休多年。乌兰察布是一个诗词大市，写诗的人多，写好诗的人也不少，但是截至四年前，我从来没听说过这个名字。四年前一个偶然的机会，我看到一组诗，其中有一首让我眼睛一亮，觉得从立意、布局到遣词造句都有点儿不同凡响，作者的名字却十分陌生。问周围的同事，谁都说不上来。问乌兰察布诗词学会的领导，也说不出个所以然来。最后，乌兰察布师院一位教授才告诉我，这个人是他们学校的一位老师。作为一位刊物的编辑，发现一位高水平的作者，无异于半道拣了个元宝。于是我便把他介绍给了文佑、依岚等编辑，并且设法和他取得了联系。从此，刊物上见到的高科的稿件逐渐多了起来，而且越来越受到诗词界的好评。他也不负众望，一些重要的诗词赛事，总能为内蒙古争得些荣誉。他是乌兰察布诗词界杀出的一匹黑马。

多少年了，因诗结谊的远不止这些朋友，他们虽然没有入伙《九陌清觞集》，但是我们的友谊已经深入人心。相信在今后的人生道路上，这会永远成为我们一段值得骄傲的记忆。

2019 年 7 月 26 日于呼和浩特

目　录

滑国璋

高　科

康　福

阎克敏

张首贤

李文佑

祁牧多

王永雄

依　岚

滑国璋

1943年7月30日出生于天津市河西区东楼。1956年随家迁至内蒙古。1967年毕业于内蒙古师范学院（今内蒙古师范大学）中文系。先后在包头市中学、市教育局、市委宣传部、内蒙古党委《实践》杂志社工作。1987年任副编审。1993年8月因病退休于内蒙古文史研究馆。喜欢书画、诗词、散文，著有《身边的美学》《七九河开》《空楼余响》《垂钓月光》《扫叶集》。

阴山赋·放歌内蒙古

阴山横北国，浩荡贯西东。叠嶂西驰如浪涌，铁流东渐势峥嵘。绵延如带双千里，美奂美轮列彩屏：西有两狼色尔腾，中有乌拉接大青，东接冀中丘与壑，恰似全区各族一家融。内蒙草原赖之为脊柱，高山仰止人心为之倾。八千里路接昏晓，红绿其间皆玛瑙。阔也壮乎大版图，物华独厚拥天宝。苍苍莽莽绿川原，东起兴安西居延。十三亿亩大草甸，不虚“芳草碧连天”。森林面积国第一，一脉兴安脊其绪。计亩应为两亿余，绿荫于此浓如许。稀土之乡在鹿城，白云鄂博宜其名。环球储量十之八，富也如斯我自雄。高瞻阔步承饥渴，骆驼也能称王国。瀚海凝眸立夕阳，惊看四十万峰驼。乌海煤都夜不眠，乌金滚滚出山峦。能源发电织天网，十万太阳照九边。东有粮仓科尔沁，西辽河水频滋润。年销八十亿斤粮，玉米流金惊雁阵。鄂市羊绒擅口碑，敢拿钻石誉纤维。帅哥靓女沾时雨，身价扶摇四海蜚。呼伦贝尔三河马，膂力如弓堪坐跨。无翅居然草上飞，归来千里方一霎。乌珠穆沁肥尾羊，肥而不腻脂生香。京师问鼎东来顺，域外寰中打市场。资源棋布数家珍，复有人文积淀深。远溯新生第四纪，阴山即已见猿人。匈奴契丹纷争霸，入主中原非神话。北魏东辽史入编，大元一统君天下。黑河之畔草茵茵，有冢青青掩昭君。

一篇佳话传千古，胡汉从兹是至亲。戴盔披甲威而猛，佩剑青光犹耿耿。一代天骄荡亚欧，成陵安享千秋奉。尹湛纳希著小说，泣红亭下悲衰落。天文历算明安图，皇舆全图功卓卓。席尼喇嘛独贵龙，敢树矛头向清朝。嘎达梅林真壮士，一腔碧血化苌弘。人文历史挂一还漏万，检点史册望之如月星。杂花生树影婆娑，民族相安共合和。汉蒙鄂达回鲜满，不同风俗却同歌。休言远域皆边鄙，作客无如来草地。豪饮如鲸吸百川，性情爽处剖胸臆。乐声向与异乡殊，马首妆琴伴四胡。银碗哈达敬天地，牧歌长调绕穹庐。射箭摔跤兼赛马，那达慕上声如炸。敖包山下喜相逢，与子偕藏成趣话。改革以还日月新，国门既辟敞区门。兴邦富国施宏略，万马腾飞啸入云。发展欣看改体制，公司如笋出标识。私车如骛塞当途，一夜楼盘成海市。昔时沙漠变油田，缆线凌空奏管弦。船载名牌飞玉宇，乳都登位戴皇冠。六秩华龄逢大庆，称觞恭作南山颂。心花灿若杜鹃红，情绪燃如篝火迸。五色喷泉溅玉珠，万人空巷乐何如。礼花散作流星雨，决策铺开致富图。克什克腾擂天鼓，兴安万树摇作舞。克鲁伦河献哈达，达赉酿酒倾如注。一千名琴手拉响马尾弦，一万名歌手齐唱乐翻天：伊如格乐耶，天堂大草原！

（2007 年 8 月）

青城杂咏五首

（一）五塔寺

慧法东传至此闻，庄严舍利日氤氲。
塔临五位齐争巧，佛坐千龛各不群。
经典三翻成宝典，蒙文仅见刻天文。
慈灯再现伽耶相，乃悟天涯若比邻。

（二）哈素烟波

郊外谁开万亩塘，绿原幻化水云乡。
浮舟苇荡惊凫阵，濯足沧浪耀鲤光。
倚榭人歌蛮汗调，穿花女著苎萝装。
晚来再赴全鱼宴，银碗腰窝共举觞。

（三）白塔耸光

东望丰州迹象殊，皎然霞表有浮屠。
万部华严湮假合，千秋斗拱立真如。
绕梯纵览前朝史，题壁恒存异族书。
应谢当途多盛德，重光宝塔耀穹庐。

（四）玉泉喷绿

弘慈无量代承传，银佛巍然四百年。

法会曾经光碧野，战云未敢侵红毡。
遍游五岳凡千景，来饮九边第一泉。
端赖甘霖荫敕勒，同胞携手耕福田。

（五）大窑怀古

塞风迢递大窑村，启土惊苏旷古魂。
野处群栖同猎狩，裸身血食共甘辛。
工倕不出天成巧，杨墨无言德固淳。
一自纪元尊圣智，锱铢磨狎到如今。

蛮汉山二龙什台纪游

徒怀朴茂鲜知名，蛮汉深藏岫外情。
散我忧思风百缕，添山岑寂雀三声。
环溪草毯铺诗卷，夹径松涛列画屏。
伫倚石边空技痒，无人邀我续兰亭。

咏乌兰恰特大剧院

赫然巨舰泊城东，物化鸾凰喜再生。
炫目戏台撑一殿，撩人银幕挂三厅。
马头琴暗边关月，盅碗舞低牛女星。
自治华龄逢六秩，锦花凸现大工程。

梅力更赋

鹿城之西有梅力更者，系阴山之一隅，漠南之亮点。钟灵毓秀，乃造物所独钟；纳俏藏奇，实天成之尤物。可谓有美斯臻，无妍不备矣。

其山也雄。峦接九天，刀劈剑削；壁悬千仞，鬼斧神工。嶂叠云飞，含混可仰；峰回路转，倚侧多姿。大岳之巅，天风瑟瑟，披巾其上，似东坡，出尘外；险崖之畔，野卉丛丛，骀宕其间，如阮肇，到天台。其水也秀。一泓天眼，初开众妙之门；三叠流韵，长奏知音之曲。飞而成瀑，悬白练于崖端；汇而成潭，陈玉鉴于沟底。濯足石边，浪朵无心成挑逗；瞑眸岩下，泉声有意事张扬。洗耳洗心，仁者如斯三顾；开颜开悟，智者在此一行。其树也俏。岭腰壑底，径畔亭头，郁郁葱葱，浓阴几许。松傲列于山冈，柏虬曲于岩隙；柳弄姿于水浒，桦玉立于青萍。虽非茂密成林，着实妖娆应景。百草百药，美奂美轮。为雄奇而补妍丽，似虞姬之伴项王。其石也奇。虎踞鹰扬，没李广之神箭；驼行羊卧，费龙女之牧鞭。天真未凿，宜授无言之教；弃智复朴，始知道法自然。鹅卵卧潭头，待骚题而增秀；猴王藏岫隙，俟石破而天惊。祝融火炼之精，原来在此；女娲补天之物，幸有遗存。纵览梅力更之山水树石，足以造境万千，一移步则景象全殊，忽回首则情怀顿变。如行

山阴道上，应接不暇也。

我友石君，于梅力更处借天然之景，运大匠之斤，辟为生态旅游区，泽被乡里，功莫大焉。余游踪所及，几度流连，作赋以应园林刻石之邀，挂一漏万，权做导游可也。

辉腾锡勒纪游

天如翡翠云如絮，古脉寒梁物象新。
玉柱临风风化电，花篮泼绿绿生金。
画屏兀展千崖秀，胜境别开一壑深。
山野年年承雨露，大哉造物惠斯民。

做客四子王旗红戈尔牧人家

山外又山原外原，行车百里杳人烟。
野花撩爱风撩爽，纯白是云天是蓝。
款客逮羊凭手指，献歌祝酒劝杯干。
归时回首无邻院，始悟天方在此间。

克什克腾纪游四首

（一）沙地云杉

白音敖包有云杉者，植物学家称之为生长的活化石，因有作。

树种消亡幸有遗，居然化石益生机。

时泻浓阴怜浅草，欲伸绿臂挽山溪。
尔经万劫犹葱翠，我只七旬即萎靡。
独抚婷婷尤造物，人如刍狗复奚疑。

（二）阿斯哈图石林

巨匠运斤不惮劳，倚山鬼斧做群雕。
造型求意还求象，刻塑用风不用刀。
仙女临凡争袅娜，云鹏敛翅自雄豪。
石林岂必云南秀，关外天然一样娇。

（三）青山冰臼

元知沧海化桑田，不敢冥思涉史前。
想象高僧成佛子，遗留玉钵在山巅。
承霖且做鱼缸用，栽桦能当盆景观。
应向姮娥求玉杵，捣成灵药即飞天！

（四）经棚

感佩僧人法力凝，曾经十里搭经棚。
天开宝藏银铅富，原现蜃楼市井荣。
傲慢牛群归水浒，悠闲云影度丘陵。
必如河与多伦汇，造福一方济众生。

过满都海公园

李老清波《增广通假字荃》首发式在内蒙古饭店举行，有午宴，冠冕云集，趁机溜走。拟沿路步行回家，忽见满都海公园门墙俱杳，乃游之。

知我途经候在旁，满园雨后炫新妆。
桥图照影先充绿，花为迎春猛点黄。
总算扶疏穿柳幕，险些熏倒笑丁香。
每移步处皆如画，三载一游底事忙？

游达茂旗吉穆斯泰山

费尽夸娥二子肩，大刀阔斧起层峦。
丛生小叶忍冬果，环抱喀斯特质山。
双侣何因成石化，三狮坚久做雄瞻。
编些童话饶童趣，游赏无须到岭南。

读《鬼母传》

一读斯文一涕零，千秋几个为吞声？
纸钱买饼穿明晦，戚泪沾衣界死生。
纵有宽容慈母衽，再难袒护小儿惊。
走号旷野临风哭，浊世谁怜赤子情。

金缕曲·七十岁再上泰山

四十六年矣。戴春阳，拾阶重上，天东之极。当年坐喘方廿四，贻笑鲁南少女。而今已形神俱敝。拱北石边深叩问，此滑生，是否还曾记！峰冷冷，烟戚戚。　　有形万物皆如寄。李斯文，原应不朽，只今余几？汉柏唐槐成虬爪，诉说前朝风雨。算都被弃如敝屣。指点摩崖空兴叹，更无人可以相与语。不回首，下山去。

哈拉哈河探源

流深碧水只悄悄，峭壁天成气势豪。
石虎雄临罗汉怒，杜鹃羞绽劲松高。
比肩出镜成婚礼，惊艳穿林闹小妖。
放荡如行桑濮上，浮男浪女竟撩臊。

再登岳阳楼

登斯楼也值秋深，览物已非少壮心。
新扩林园增旧制，广刊碑拓茂华文。
南通北极吞云梦，后乐先忧砺古今。
老去无缘高境界，转思一访洞庭君。

题八尺梅花图

有订梅花者，我友代以28000元售出。

下雨谁知哪片云，花开各有自家春。
搬来老干弯三道，逮个梅妃制一群。
艺学崂山能点铁，红飞纨素可摇金。
未防一缕风穿牖，满纸吹开带笑唇。

登集宁白泉山凤凰楼

只疑羽化到余杭，六合居然落此乡。
打造平台期引凤，招来好运赋求凰。
连云甲第千楼起，贯地新衢十里长。
东虎西龙双踞立，霸王河水送清凉。

再游蛮汉山

武陵原本在山深，一派天然化外存。
堆绿莽林仲朴茂，穿山泉水泻真纯。
野花顾影偏多媚，瑶草无心最可人。
必有林妖餐滴露，仙踪遁迹渺难寻。

做客圣水梁农家院

乐山仁者善经营，环抱杨阴筑广庭。
临壑倚崖权借绿，登高望远自怡情。
果蔬尽可随心采，鸡黍还须亲手烹。
休虑老来谁是伴，避秦到此做田农。

救丁香

新宅前安装栅栏，开畦种菜。帮忙者将两株丁香挖出弃置，余大不忍，于墙角复埋之，居然亭亭玉立矣。

为与天然做睦邻，向阳开拓一方春。
动粗惊见农夫镐，再造多亏秀士心。
枝颤白红花欲语，香飘淡远我先闻。
月光如水摇疏影，应有蛾眉夜叩门。

游美岱召清水沟

才入沟门气顿豪，九峰一角仰高标。
劈山谁运天王斧，秀水纹成铁线描。
蝌蚪空游无所倚，岩松倒挂若相招。
忍看士女携行远，独把酸文对壁号。

黄河赞

一路风云纳百川，铁流万里不辞难。
秦川龙战玄黄晦，壶口雷惊天地翻。
九折河奔穿九省，千声狮吼震千年。
迂回毕竟东流去，归入汪洋再不还。

题牡丹图

粉壁迎阳总有春，如临曹国访夫人。
乍开玉版凝脂体，翻讶葛巾解语唇。
色授撩予期幻化，诗成赖尔慰神魂。
无缘做得灌园叟，空对画图看写真。

题曹雪芹黄叶村

帝都何处最关愁，落寞心逢落寞秋。
修竹含情枝欲语，老槐凝恨干成瘤。
断肠文字伤千古，泣血歌吟撼九州。
欲傍茅檐筑蓬筚，年年扫叶读红楼。

次韵冯永林君谬赏

艺苑浮华泡沫张，风光常幸蜡头枪。

明星竞售唇边秀，饱学徒添鬓角霜。
解我长锋倾陆海，凭君丽藻洒潘江。
开心且效鲦鱼乐，梦里槐安岁月长。

步韵和康丕耀

岁值新正访戴庐，兴来乘醉泼狂书。
诗情最擅无生有，法相原应有认无。
瑞雪御风扬玉屑，羽仙携我到蓬壶。
不禁红袖三分劝，一吐茫然郁尽舒。

剪春五首

（一）

又是春来风也柔，墙边桃李晒风流。
牡丹娇贵非吾类，爱看山花插满头。

（二）

哪有花光照酒卮，空楼难得见芳姿。
可怜春色无方买，姑效小儿偷折枝。

（三）

一场淅沥洗柔条，恍似当年少女腰。
雨幕无心留录影，再回首已做烟消。

（四）

畏途割肉见忠贞，拒仕何须纵火焚。
寒燕年年伤介子，官家哪个有良心！

（五）

淡似月华流玉宇，浓如雨线锁汀州。
非欢非痛无缘起，欲言又止是乡愁。

和阎克敏《薄暮吟》

读阎诗见其有联云：“吟咏勤于人老后，推敲乐在夜深时。”叹赏之余，套作如后。

一路车奔竞载驰，羲和坎坎迫崦嵫。
忍看日色黄文稿，无奈月光冷酒卮。
孤独起于豪饮后，忧思烈在失眠时。
凭谁引我飞东海，去拜纯阳做导师。

七夕四绝

（一）

百日修成一夕欢，此间真意最难堪。
有情何必争朝暮，期盼如诗苦也甜。

（二）

谁解葡萄架底情，半为乞巧半偷听。

古风早已随烟灭，哪个女儿会女红。

（三）

织女仁心岂有边，悯农宁可嫁尘寰。

传奇若与儿童讲，必笑仙姑是脑瘫。

（四）

银汉双星未可泯，教人世代说天孙。

凭谁妙笔谱神曲，打造东方最美人。

蓬莱问道不遇

访仙初次到瀛洲，世外烟岚一望收。

手把芙蓉邀羽客，先期汗漫做优游。

忽疑水底藏龙府，不见云间浮蜃楼。

俗子无缘从阮肇，归来独向画中求。

齐鲁归来步石玉平原韵

四时循序变苍黄，已见楼头照夕阳。

曾有殷勤愁昼短，多存遗憾似江长。

崂山剪纸成明月，东海浮槎着羽裳。

世相纷纭吾倦矣，南柯一梦到仙乡。

呼伦贝尔采风八首

车过黑龙江

廓兮东北大平原，不愧舆图顶上冠。
谁识百年饶壤土，曾经万里渺人烟。
娘们大肚能容忍，犟种微躯敢弃捐。
浩荡三江溶血脉，刚强爽直口碑传。

莫尔道嘎国家森林公园

满坡红豆叶芸芸，一融天然顿畅神。
避世鹿亡遗鹿道，凌霄松起落松针。
如环野水拥双岛，吹绿山风到远岑。
更谢兴安多雅意，斜飘小雨洗千林。

室韦桥兴感

湛湛清江两照临，由来国界不关民。
逢人意外操俄语，隔岸悠然见畜群。
政治喜欢分替合，友谊延续子皆孙。
通桥设使无兵戍，朝夕往还做睦邻。

海拉尔日军要塞遗址

铁甲喷仇战马嘶，北山鏖战现当时。
道坑欹侧劳工骨，要塞横陈义旅尸。
洞掩东倭归寂灭，楼沿欧派列参差。
史坛总有玄黄变，碑畔低回日影迟。

呼伦湖绮思

为访名湖东复东，呼伦竟是女儿身。
波光灿若青眸闪，浅浪声传绮意浓。
事属子虚姑信有，情偕隔世是为恒。
临流我欲潜沧渺，水底洞天应不同。

满洲里街头漫步

绿尽天涯海市横，三邦拱手托明星。
地摊汉话夹俄语，街面黄毛掩碧瞳。
新款撩人争性感，尖楼如削漾欧风。
百年文化交融地，口岸煌煌已大城。

满洲里套娃广场

谁持魔棒点三匝，十步之间即套娃。
绝世仙姬醒白雪，多情王子蜕青蛙。

彩泉喷作千只蝶，圆柱滥开七色花。
童话园林如梦幻，羡余真想做毛伢。

满江红·乌兰哈达火山地质公园

蒙古高原，火山旅，魂惊朔漠。全新世，群喷多彩，遗踪如昨。赤练穿空呈盛怒，熔岩卷地无从遏。转瞬间，万物劫为灰，全销铄。　　山锥底，如鼎镬；活标本，资预测。看炼丹炉里，似存余热。如蚁人生参得丧，连天芳草增肥沃。待重温，老子五千言，常思索。

母校包九中六十年庆典

年年吞吐俊儿郎，声播遐迩誉久长。
百亩芝兰承夜雨，三千桃李笑春阳。
榜头名列科中甲，镜里人添鬓角霜。
校长慈颜成永固，留与后辈话沧桑。

对联礼赞

文史馆馆员刁可成先生选编出版《联林拾翠》，嘱余扉页题词。余适闲来无事，乃步大观楼长联程式制此，以联赞联云尔。

百万里神州，联林似锦。恒河沙众，细数来不及万一。看名山胜地，古刹园林，画舫香车，皇宫帝阙，题楹刻榜，缀成境里珠玑。登大雅之堂，果然是阳春白雪；倚寻常巷陌，却又属下里巴人。绽开来：两行春瑞，一副桃符，八表欢颜，漫天爆竹。

五千年文史，才子如云。骈对辞工，粗算去能之十九。可论古评今，刺邪扬善，书哀志贺，状物移情，纳玉吐珠，无不国之瑰宝。借淋漓墨迹，露几许文采风流；凭错落诗痕，添多少妍姿秀色。藏得下：九曲柔肠，三躬礼赞，千秋歌泣，只瓣心香。

联一悟

偶见前贤“文章官宦”联句，颇以为然，为凑七律。

破解人生觅谶言，樽前忽讶哲人联：
文章草草皆千古，官宦匆匆只廿年。
皇寝屡遭宵小辱，离骚长作月星悬。
沧江但取一瓢饮，浊世当如壁上观。

兰亭暮鼓

闻谭博文会长因血液病转院北京，伤心有作。

暮鼓声摧五内惊，黯然自悼悼同龄。
萧条木叶落还落，肃杀秋风匆复匆。
既殒物兮兼殒我，不知死也哪知生？
兰亭一叹伤千古：大矣死生莫矫情！

读丰子恺漫画贫女图

漫画解颐带好词，穷通有命费心思。
幽兰在野无人见，贫女如花只镜知。
淄上狐仙悯蒲老，吴宫瑶草羡西施。
世间多少遗珠恨，徒抱天真不遇时。

在西双版纳看歌舞剧《勐巴拉娜西》

声色辉煌列盛筵，傣乡艺术可人怜。
风情善借弦歌秀，心事偏凭肢体传。
肺腑如擂听腰鼓，吉祥同沐乐人天。
晶莹祝福泼台下，一片呼声烈欲燃。

瞻仰昆明大观楼

不是名联动魄魂，古稀何必强登临。
英雄已没碑前草，杨柳犹妆季外春。
玉笏谀辞成粪土，布衣丽藻耀星辰。
肃贪恨不皆稽没，用铸珠玑字字金。

哈拉沁水库野炊

经年面壁已生烦，幸得驱车上古原。

秋草犹摇霜后露，澄心已远市中烟。
漾鲜美味和风煮，褪色风情促膝谈。
钻出帐篷倏有悟：生存贵在合人天。

甲午冬卜居扫叶山房

老来一笔抹千般，总算离尘远市廛。
薄暮挥毫书旧句，晴明策杖过前川。
石蹊不必因谁扫，音问犹能赖信传。
归隐应无酬酢苦，闲听松子落空山。

杏树活了

移来红杏对南墙，色授魂予卧暖阳。
此际临风犹怯怯，来春映日必煌煌。
无才救世惭卢扁，有幸归真效老庄。
寄迹尘缘终有数，且凭嫩绿纳新凉。

六州歌头·登泰山

少年狂傲，不解泰山高。携酒肉，摇步履，上重霄，气何豪。沿石级千万，过斗姥，穿回马，转峭壁，股战栗，步摇摇。叹我辈须眉，不及山东女，笑何妖娆。到山巅小憩，恍若赴灵瑶。天门悄悄，暮云飘。　　看雄峰立，超万仞；

崇天地，做高标。齐鲁静，群山小，海天遥。惜周秦石刻，恒千载，一时销。绝巅冷，友人醉，我长号。雾霭迷茫，云掩层崖黯，臆懑心焦。问屏翳何处，我欲乘风遨，借我扶摇！

水调歌头·黄叶村

栖处名黄叶，又一蒲松龄。日日神游物外，敝屣视功名。朝看前村烟起，暮咏斜阳余韵，星月共为盟。夜永人无寐，听雨到天明。　　人世事，吾倦矣，妄念平。不如一床一案，潦倒度余生。总角小鬟侍墨，狡狯狸奴解语，幽梦会精灵。返朴归原始，生灭赖天成。

赠张荫槐老人

横槊赋诗胆气张，红巾才女出潇湘。
兴来信手玩明月，怒去凌空挽大江。
草稿三删方一就，华章一咏必三觞。
谪仙若许同壶饮，敢问伊谁傲且狂。

题《江婴诗集》

可傲南珠渤澥藏，史家有笔出新章。
伤时感事留孤愤，颔首伏躯耻驯羊。
邀赏伊称鹿为马，识人我悟宦同娼。

老来况味霜前笛，余韵流风壮夕阳。

北海北部湾广场

春归何处总蹊跷，寻到此间逮正着。
拔地椰株疑仿制，连云榕树类圆雕。
劈涛夺路螺男猛，凝爱成珠蚌女娇。
一抹斜阳涂梦幻，玉兰枝上漫招摇。

访蒲松龄故里

寂寞聊斋锁柳荫，石狐妩媚掷波频。
半庭修竹如私语，一树青藤欲挽人。
笔底乾坤容我驻，杯中风月赖君陈。
篱边试问朱唇者：伊是婴宁抑葛巾？

读聊斋《画壁》

垂髫高髻两销魂，画壁神游妙绝伦。
毕竟书生是凡质，谁能遇艳不惊心。

高科

1947年生，退休前在内蒙古集宁师范学院执教，先后任副校长、副书记。中华诗词学会会员，内蒙古诗词学会会员，乌兰察布市诗词学会副会长、副主编。著有诗词散文集《秋韵》。曾获第六届华夏诗词奖优秀奖（2016年），“诗词飞扬党旗飘”全国诗词大赛二等奖（2015年），“富德生命人寿杯”迎接内蒙古自治区成立70周年诗书画联展活动获绝句类一等奖（2015年）、律诗类二等奖（2017年）。

贺集宁师院诗词学会成立

开卷吟台到课堂，每怜梅影对寒窗。
惠风送爽三春雨，清韵回旋九曲廊。
诗与归心同雅淡，情驰来路共悠长。
黉门再作兰亭会，只借云笺写夕阳。

集宁战役红色纪念园落成感赋

几度青山觅弹痕，丰碑花影悼忠魂。
草逢尘劫依然绿，江自东流何足论。
塞外园林春去晚，世间物象道犹存。
三军将士重排阵，不向蛮夷让寸分。

元宵节恋歌

郊远黄昏路似弓，含羞漫步柳林东。
天开无限星光外，人约多情月色中。
火树映灯花解语，银河疑梦夜生虹。
携君共忆蓝桥会，心曲年年谁与同？

元宵节吟怀

人愿天时百样通，冰河知暖自消融。

心头初泛江波绿，杯底轻摇旗酒红。
映雪花灯迎丽日，催春锣鼓舞金龙。
吟怀不负东风意，直引诗情上九重。

磨子山掠影

不为寻诗不为禅，岭南岭北见宏观。
云纱离岫红旗染，泉水调琴峭壁悬。
畴接秋阳衔远翠，字归雁阵出胡天。
东风信有无穷意，绿了前山绿后山。

秋　兴

来向霜天一放歌，心声无计避诗魔。
凭栏日影还原色，入梦江潮逐逝波。
重九登高豪气在，大千涉远壮游多。
从头收拾旧书剑，付与秋光仔细磨。

王贵沟中华诗词村挂牌感赋

惠风引领壮诗魂，花落灵山第一村。
泉水低回琴做韵，书笺暂卷客盈门。
只将心曲题墙壁，不信田园欠凤麟。
塞外农家皆李杜，垄间遥望侧吟身。

阿里山归来吟

雾岭多奇崛，抚杉吾到迟。
年轮愁雨割，胜迹乱蝉知。
道古车何疾，林深心未疲。
长亭说离别，可惜不成诗。

花莲北回归线标志塔

一线分南北，花开信有时。
雁声留不住，塔影自低垂。
海上晚潮急，云端圆月迟。
今为岛中客，拊掌说回归。

咏仙人掌步黄仲则《绮怀》韵

玉立亭亭气凛然，天机说破未成仙。
难由芒刺做针砭，有赖痴情伴月眠。
不向东君邀夜雨，每依花信认流年。
庭前一树菩提掌，岭后何须龙骨鞭？

杂　诗

花开花落断桥边，寂寞长亭柳似烟。

俯仰当同时所共，穷通原与道相连。
君臣齐诵隆中对，烽火胡为壁上观。
可笑春风难管束，暗随飞絮入江天。

戏说年华

只恨无人抛绣球，花间含泪读红楼。
新潮敢上时装秀，好梦还追意识流。
暗害相思诗表白，初尝失恋酒浇愁。
浮生百样一场戏，幕后台前争未休。

山行有怀

小溪穿石细留声，九曲回环任点评。
山领春光诗接管，秋开花市蝶经营。
沧浪濯足渔歌去，朔漠追风壮士行。
飞雪当年夜归处，如今规划水晶城。

再过沙泉小村

犬吠无人出应门，含烟远树近黄昏。
长林难继旧时路，老井还捞新月痕。
世外风云天不管，乡间故事道犹存。
多情只有霸河水，九曲弯弯绕小村。

台东凭栏遥望太平洋

曾经云水怒，绿岛不胜寒。
海阔风将倦，天高月半残。
烟波多变化，世事有循环。
回首望飞雁，心牵阿里山。

新春试笔

有约鹅黄柳眼青，东风渐软渐温馨。
酒酣晓破雄鸡唱，雪化春萌倾耳听。
园内海棠诗表白，篱边小草雨叮咛。
心湖纵笔涂云彩，直引豪情入画屏。

腊月二十三日有寄

相逢时序小，轻扣大年门。
灶暖岂多虑，功微何足论。
心声随脚迹，神口有糖痕。
家事常言好，回宫酒尚温。

丙申岁末感怀

日渐鬓间霜雪横，半程风雨半程晴。

花期误过春无意，雁阵归来天有情。
欲寄初心酬未老，好将残梦继黎明。
台前猴戏且收起，故里遥闻鸡唱声。

校园赏雪遣怀

玉树琼花隔夜新，方塘冰镂旧波痕。
侧听飘落云山意，回看芳菲桃李春。
江阔海涵多活水，笔微天许做诗人。
西风一洗阳关路，万朵千枝不染尘。

做客吟友庭院，羡其雅居

清幽小院有生机，日影姗姗归意迟。
抱雪玉兰凝古韵，扶风金柳吐新丝。
东篱蔬圃草无迹，圆月清霜花有知。
老树留荫逐凉好，闲来春鸟借枝啼。

参与重修集宁师院校史感怀

时序春归草木深，烟云多少此园林。
雷声始震霜天远，勒石终由岁月侵。
盛事行文情似火，回肠荡气笔通心。
韦编不绝育人史，百代风流贯古今。

退　休

落花啼鸟始为邻，卸任方存自在身。
有凤来仪诗扯淡，无能为力酒精神。
气清不觉山中远，心静遥知陌上春。
见惯江湖多少事，何劳大士指迷津?

端午祭

忠魂已自含悲去，乱卷旗幡忆涉江。
百代兴亡何浩渺，千秋功罪几荒唐。
风嘶铁马遗民泪，酒绿宫灯冷月霜。
鲜有知音传橘颂，郢都商女唱渔阳。

赠外孙张陆晨兼贺考取上海外国语大学

怀才蓄势大风歌，心迹同开六月荷。
每向春江问花信，只从戈壁识峰驼。
读书有益标高洁，涉世无穷细琢磨。
喜报传如及时雨，平添霸水几层波。

秋　韵

一层落叶一层秋，雁过声声说未休。

恍惚风生蝴蝶梦，浮沉云绕凤凰楼。
花期有信春勤送，月色无情影自留。
不使诗田少滋沐，酒肴常备客来投。

写在卓资县首届熏鸡美食文化节

又值山乡喜事来，百年老号竞相开。
莫言厨艺多神手，自信熏炉美食材。
残雪方随夕阳尽，雄鸡当共凯歌回。
内联外引商潮涌，十里春风好做媒。

偶　作

依稀梦里大风歌，细数光阴故事多。
山路弯时迷邂逅，年轮深处话蹉跎。
疏篱偏听半秋雨，青伞同开六月荷。
莫道心池方寸小，每从诗底觅春波。

王贵沟村之秋实

花落灵山圣水乡，金黄麦垛映诗墙。
犁边足迹勤劳作，笔下文章细考量。
春放纸鸢牵夙愿，秋同菊影共流觞。
梦由心出不缥缈，吟到情深便慨慷。

七十自题

每忆蓬山万里秋，依稀旧事乱中收。
指间岁月如沙漏，梦里乾坤似水浮。
浴火高歌凤凰曲，赏荷轻解木兰舟。
老翁不识桃源路，古渡黄昏吟未休。

《贾学义诗选》读后感赋

卷底涛声笔下雷，春潮一线应时开。
岂疑飞箭没棱地，终信吟坛有帅才。
豪气壮诗多感慨，阴山临顶见崔嵬。
三分恬淡七分美，如读陶公归去来。

贺高世英兄《草莽诗词》付梓

远传微信近为邻，只借高吟识瘦身。
古币琳琅诗趣味，长笺绰约酒精神。
文清宁与乡间客，心淡能邀月上春。
悟彻江湖多少事，不教书卷染纤尘。

喜读衡老师诗并墨宝《金秋随感》步韵和之

只随天命戌轮台，难做经邦济世才。

锁住春光多少劫，霜回迟桂有无开？
功名梦里留清浅，鸿雁声中归去来。
白发恩师传墨宝，且将浊酒寄情怀。

旧事今忆

山间众鸟已飞尽，诗未吟成墨未浓。
梦想难追华盛顿，征程好跑马拉松。
春回柳絮沉浮道，月在驼铃寂寞冬。
常恨小城归去远，沙梁更隔万千重。

三月十九老妻生日作

厨下围裙雪夜灯，蜗居厮守倍温馨。
有缘星汉同船渡，无限江潮伴月生。
旧梦曾经沧海水，寸心已许玉壶冰。
莫言清调知音少，风雨相携共此行。

忆　旧

奈何心迹渐成空，一任浮生几处篷。
梦醒东方鱼肚白，情追北岭石榴红。
台前浪漫风为马，海上逍遥鲤化龙。
拍案文章天地小，黄昏吟罢月朦胧。

送别孔老师返深圳

边城柳老欲飞绵，烛影寒窗四十年。
只向空灵求雅致，难由世相说因缘。
心无旁骛易收敛，答有质疑须考研。
此去异乡千万里，每思泉海一方天。

扎根边疆

心路无由仔细排，青春为注赌轮台。
曾经往事尘封久，隐约秋闱锁不开。
村后胡杨几番绿，城中茉莉应时栽。
垂纶钓破池边月，又见轻舟入梦来。

余知青旧友仍有滞留乡下至今未返城者因感事得句

此行何事最珍藏？主席像章榆木箱。
无语投荒关外怨，不思追梦阵前殇。
涸鱼曳尾期春雨，暮马嘶风在北疆。
西水东流花落去，归鸿望断又秋凉。

二十三班微信群感赋

愧对菱花镜，青丝岁月侵。
涵天江海阔，入梦岫云深。
有约梅知雪，何妨鹤识琴。
临屏敲雅兴，回首拾童心。

向阳酒家聚饮感赋并致数二班微信群

人自清狂酒自酣，来程去路忆当年。
书潮心涌黄旗海，月色情移百草园。
留影于君梦何老，知音共我曲谁弹？
旧伤抚尽些些痛，再理新声五十弦。

做客集宁郊区外甥女家

疑是江南到水乡，田园一角透清凉。
池边柳色丝摇绿，陌上豆花风送香。
黍谷新收时令韭，家肴胜却美羔羊。
村头惜别频挥手，回望篱门掩夕阳。

欧洲之旅归来小吟

消得迟来未了缘，春风无界万邦天。

心随铁鸟虹千尺，情落山溪雨一鞭。
异国寻芳添想象，素笺着墨任流连。
细观域外楼头月，别样清辉别样圆。

拙集《秋韵》面世自题

歌做新声诗做琴，漫将秋韵浣秋心。
身由古渡桥头过，句在桃花源里寻。
烟雨从容留旧景，洞箫随水觅知音。
半生虚掷不言老，岸上观潮且放吟。

居庸关长城怀古

鼙鼓边关不忍闻，青砖强做御林军。
天将铁甲连营垒，风动降旗卷阵云。
千载宁忘切肤痛，寸心欲报圣明君。
高墙留得鉴今古，应立铭碑记此勋。

杭州 704 工程探秘

悠悠万事乱铺排，折戟沉沙动九垓。
百变机关皆假想，两般皮骨总难猜。
只教语录做真理，始信谦卑藏地雷。
荣辱是非谁会得，几声秋雁入云台。

冬至和刘明泉老师

时序阴山冷透衣，飞毛乱卷显神威。
绵绵长夜思无倦，九九新诗句未归。
塞外楼台云淡淡，江南荷浦雨霏霏。
且将踏雪寻梅去，何虑炎凉是与非。

南浔古镇之夜

溶溶月色小桥幽，桨影轻摇古渡头。
风送柔情花解语，诗沾灵气水盈眸。
茶园里坐天将晚，河岸边吟树已秋。
五彩霓虹频眨眼，灯光装点百间楼。

步韵李文朝将军《戊戌咏春》

昆仑肝胆自由身，斗转韶华又一轮。
历代朝纲成古迹，百年血性读书人。
歌吟世纪红旗谱，日暖神州大地春。
不负初心当记取，敢教旧梦再图新。

步韵文朝将军《七十初度》恭贺华诞

如歌岁月梦依稀，锦绣文章方破题。

学府诗吟留墨宝，边关夜冷透军衣。
雾迷晨忆识途马，笔下花开生玉玑。
不老情怀万般赤，尽归四海五湖旗。

步韵孙老师《觅春》

诗魔何奈赖如初，二月寒流接远芜。
春隔屏山难点翠，燕归江雪不成图。
前年老柏枝犹茂，此日胡杨叶未殊。
忽见阳坡一丛绿，东风小草两无辜。

重阳戏笔

一枕邯郸梦未休，新词淡漠少年愁。
悔棋无计孤城败，弹剑空赢两鬓秋。
细雨寻诗身渐远，长亭折柳意何求。
尔来击水三千里，不识如今沉与浮。

乌兰察布诗词培训授课感怀

放纵情怀到九州，花开花谢即春秋。
精诚欲寄百年梦，意气曾轻万户侯。
一片冰心终不负，半章吟草只追求。
已临后浪沙滩上，方信书生亦白头。

登香山

岁岁凋零雁序长，时光消得几炎凉。
未红枫叶知谁问，过气林蝉为底忙。
诗卷广收千叠翠，画屏远接半山黄。
流丹却在云天外，只把秋词入旧章。

分韵得“年”字，题于植物园小木屋

云端鹤影小周天，回首来程远似烟。
一样情怀归木屋，十分心力在诗田。
窗前岸柳谁先折，竹外桃花我独怜。
击节高歌声未歇，春江流水复经年。

乌兰察布实验中学诗社成立有寄

列阵冲寒万树开，应知飞雪上楼台。
无边曙色飘然至，一点情思别样裁。
只信炎黄龙脉在，直教唐宋古风回。
钱江十月层波起，如见诗潮塞外来。

贺语二班校友《砥砺集》付梓

流光有限意无涯，喜捧新篇贺岁华。

聊佐三餐多赖酒，漫游四海亦为家。
童真历历题山石，笑靥盈盈没齿牙。
相约黉门重聚首，待看诗雨散天花。

晋祠吟

槐柏森森古庙堂，灯红剑影两茫茫。
来程迹付雁门外，故国魂消龙柱旁。
百丈云头阴欲雨，三泉桥上费思量。
花轻乱坠旧时鼎，水曲还流新酒觞。

华中师大助教班三十三年聚会感赋

桂子三秋晚，鸣蝉笑我痴。
南园梦侵处，北斗夜阑时。
共饮源头水，唯余心底诗。
长河流不尽，明月寄相思。

永定河吟怀

曾经往事付狂澜，拍岸惊心不忍看。
海阔难容家国恨，月移初照夜冬寒。
几番花信喜倾酒，百里河山可倚栏。
骋目云天归雁远，林间秋色正流丹。

再过西湖遇雨

风自轻柔水自悠，半湖荷叶半湖秋。
孤山竹外蝉无迹，细雨声中夜入楼。
寂寞渔歌天未晚，空蒙山色黯然收。
诗情欲系长堤柳，苏白光芒照九州。

贺赵家村“中华诗词示范村”挂牌

花落京城鱼水乡，凭栏遥望海风光。
诗心慷慨催时雨，砚笔殷勤挽夕阳。
已往愁消夜阑烛，频来喜报暑生凉。
农家五月闲人少，犹见高吟侧影忙。

草原之恋

茫茫秋草夜微凉，长调声中篝火旁。
奶想亲情媒是酒，天涵日月地支床。
寻诗开卷连荒漠，牧马嘶风在北疆。
一曲缠绵留梦里，几番晴雨费思量。

南泥湾

绿水池荷百媚生，山川锦绣接云屏。

至今鸟语花香处，似有当年号子声。

春　望

碾破冰河柳眼开，应知春色上楼台。
江南一夜桃花雨，千里乡思入梦来。

诗　梦

远衔天日近吞吴，笔下千言纸上无。
恰似春宵女儿梦，最甜美处总模糊。

鹧鸪天·四子王旗滨河公园畅想曲

紫燕衔来油菜黄，惠风捻得柳丝长。归心已寄上元月，曲水还流旧梦觞。　　梳短鬓，理新妆。山歌一路唱朝阳。阿哥微信曾相约，今日去年老地方。

西江月·辘轳井

犹记凭栏望月，也曾坐井观天。饥荒岁月盼来年，梦里明霞一片。　　陌上清风满袖，园中翠色平摊。新居掩映绿丛间，更有桃花数点。

行香子·春之恋

雾锁篱墙，霰雪临窗。寄东风，满目苍茫。小园桃李，几度春光？忆山之情，水之韵，梦之乡。　　楼台远眺，隐约河塘。兰舟发，岸柳桥旁。离愁别恨，泪洒千行。爱三分许，两分用，一分藏。

鹧鸪天·兴和长川古城遗址怀古

望断飞鸿秋几重，指间岁月太匆匆。狼烟古道频侵梦，楼影宫灯总溅红。　　朝布雨，晚来风，行云一片去无踪。凭栏却忆阳关路，尽在残垣夕照中。

鹧鸪天·题围棋人机大战

算破仙机方寸缘，枰中世界九重天。晨星做眼收官晚，海客谈兵落子寒。　　行有序，道无间。风云奇幻演千般。浮生胜败皆游戏，一劫荒唐误十年。

鹧鸪天·数学的困惑

半亩荷塘水一湾，秋来检点意阑珊。但求乱事平凡解，难破愁城极限环。　　精算计，巧周旋，乘除加减万千般。蓬山楼阁寒窗梦，尽在烟云缥缈间。

鹧鸪天·日月潭

未了前缘此度逢，遗珠寥落海之东。神驰日月光华去，情寄河山魂魄同。　　杨柳绿，杜鹃红。如烟往事已尘封。而今春色归何处，尽在湖心明镜中。

减字木兰花·南风

春归何处，十里长堤花满树。冷雨今宵，锦帐银屏烛影摇。　　海棠时节，目送云山千万叠，梦落江南，似此相思已不堪。

浣溪沙·幸福院

九月阳光倍觉亲，花帘不卷暖如春。层林初染晓烟痕。

旧梦已回无印迹，新茶浅试有余温。一壶老酒忆年轮。

鹧鸪天·金仓湖

何处春归问小城，湖边柳树戴金缨。廊桥斗折樱花路，白帐星罗绿草坪。　　云影散，纸鸢升。晓风摇曳彩旗轻。林间踱步寻诗晚，静听新芽破土声。

鹧鸪天·赞衡老师书法艺术有寄

笔走惊雷风扫苔，金钩银划巧铺排。刚如天马行空去，柔似蜻蜓点水来。　　时有序，道无涯。梅花二度伴春开。老之将至不言老，再续依依学子怀。

破阵子·感寄乌兰察布特警支队

曾忆沙场点将，漫言雪域连营。去处风烟腾朔漠，来迹关山映斗星。宝刀夜自鸣。　　泉畔春花有待，城头好雨无声。万里征程休念远，一曲军歌喜结盟。诗情共此生。

鹧鸪天·我的大学兼贺母校六十华诞

天阙终开信有神，玲珑宝塔梦成真。但将心智付明烛，不向光阴惜瘦身。　　情切切，意纷纷。燕归认取旧巢痕。书包抖尽无余物，只剩泉山那片云。

记集宁师院格律诗词创作交流会

诗心耿耿爱心平，字字珠玑总是情。
垄畔青苗如有待，田头好雨润无声。

千秋文脉凭谁继，一代风骚自此盟。
但愿同门才俊出，余音不绝壮歌行。

致新华街小学

园林一角密还疏，晓起纤尘半点无。
书里乾坤衔日月，梦边霓彩是蓝图。
青云属意留为客，时雨随风洒向湖。
蜡炬春蚕情未足，只将冰雪沏心壶。

次韵胡杨同学《黄鹤楼咏叹》

去留黄鹤忆斯楼，未了前缘向晚收。
相约琴台歌作赋，聊为章草字盈眸。
丹忱故国终圆梦，短棹长河自入流。
恨不平湖尽西子，青山倒影白云头。

梅与雪

寒风践约两相知，次第花开共一枝。
魂断芳菲春意近，不留别恨到归期。

康福

乌兰察布市丰镇市人，1947年12月27日出生，中共党员，大专学历。1969年参加工作，曾任丰镇市卫生局局长、红十字会会长。历任《内蒙古诗词》编辑、内蒙古诗词学会办公室主任、秘书长。现为内蒙古诗词学会副会长、内蒙古作家协会会员、中华诗词学会会员。在《文化月刊·诗词版》《中华诗词》《诗刊》《中华辞赋》《红叶》（解放军办）《诗词世界》《香港诗词》《草原》《内蒙古日报》等报刊发表诗词作品和理论文章。部分作品入选《中国当代诗库》（诗刊社编）、《中国诗词年鉴》（中华诗词研究院编）、《中华诗词二十年选萃》（中华诗词编辑部编）、《诗词日历》（中华诗词研究院编、中国青年出版社）等。著有诗词集《康福诗词》（2011年出版）《观潮集》（2017年出版）。曾任中国百诗百联大赛第一届初评委（文化部和湖南省政府联办）。

过黄河大桥见黄河水位严重下降，感而赋之

大漠长河鼋背洲，凭梁远眺惹人愁。
渔帆点点何曾见，黄水才堪饮老牛。

呼市、集宁、凉城三地网友和林南山芍药园采风（四首选一）

网上诗聊若比邻，街头相遇陌生人。
花亭一握遮颜笑，贤弟原来是女身。

题准格尔千年大松树

君本千年劫后身，独居荒野守清贫。
苍天一念垂青眼，释道士商争做邻。

题准格尔王府步文佑韵

灰瓦青砖一抹阳，杂花漫道各呈芳。
燕儿不解兴衰事，犹自欣欣语旧梁。

题东乌素图村古榆（两首选一）

几度沧桑若等闲，拿云蔽日自成天。

素颜不羡夭桃艳，撒向人间都是钱。

阿尔山四题（四首选二）

驼峰岭天池

翠盘托出一珠明，晚嵌星辰昼映峰。

激雨乍来翻白雪，鹡鸰潜榭与人共。

成吉思汗庙

拾级三千拜大汗，仰眸霞火正阑珊。

角鼙断续循声去，铁马金戈欲跨栏。

和达尔罕夫雪日邀饮（三首选一）

玉叶琼枝一色裁，梅痕踏雪上阳台。

狐仙念我拈须苦，许挈琼浆助兴来。

步韵和达尔罕夫《中秋有寄》

秋雨秋风秋菊黄，边城何日现天光。

一壶浊酒和诗煮，醉倒迁人好梦乡。

于欢案三题（四首选二）

说于欢

为儿敢向恶开刀，实乃中华第一骄。

大国泱泱不缺甚，唯怜男子少刚腰。

说该案公检法

欲举法槌思过否，良心权势砸哪头。

恶行已到天人忿，直面男儿能跪求。

参观准格尔长滩村农耕博物馆

入馆重回梦幻年，箩筐铁镐换新天。

后人莫笑前人傻，世道兴衰不在钱。

昭君怨

其　一

烽灭烟消数十年，未央长乐不思眠。

可怜毡帐茹腥客，怀抱琵琶理断弦。

其　二

遥望征鸿年复年，乡愁一缕北南牵。

阏氏不若衡阳雁，岁岁洗尘香水边。

其　三

仄身明月进毡包，月姊明妃共寂寥。
同是天涯沦落客，冰弦玉指弄湘潮。

兴安岭红豆坡觅红豆仅见两小枝怜而赋之

欲凭红豆寄相思，遍觅松坡得两枝，
既在江南张艳帜，何来塞野竞芳姿？
三春无雨花难发，众木遮天腰不支。
采撷尚怜枝叶小，待她又恐再来迟。

西拉沐沦河

两山夹峙一蛟腾，九曲回环总向东。
水出潢源尘不染，山经鬼斧势争雄。
兴安脊续中华梦，布统歌吹燕赵风。
积弱当年耻能忘？弟兄还在两望中。

延安行（六首选四）

枣　园

之字层崖数洞悬，窗棂古朴纪当年。

门前枣树毛公育，树下棋局将帅研。
延水煮茶权当酒，油灯照影不成眠。
运筹帷幄决千里，窑洞薪传马列篇。

路边（一）

路边窜过一村丫，小卖提篮货自夸。
大枣当年慰前线，甜梨今日走天涯。
客人行路唇舌燥，梨枣入肠津液赊。
买卖不成仁义在，尝它解困好还家。

路边（二）

说罢递过梨一把，纤纤小手玉酥叉。
腕间银练尚牵锁，脸际芙蓉初绽花。
边老耕农多厚道，山沟刨食养贫家。
当年勒腹援粮秣，家有吨金谁记他。

窑　洞

停车坐爱漫坡枫，坡下一坪三洞弓。
枣影遮窗弧半漏，纱灯映日色微红。
小黄见客头昂吠，靓妇推门手搭篷。
询我晨来曾饭否，馒头杂碎正开笼。

青藏行（六首选四）

五月十二日由京飞拉萨

壮年有梦古稀圆，万里关山倒置天。
脚踩白云头触海，魂融浩宇我为仙。
九霄蜃景随心幻，几度沧桑弹指间。
落地方知身是客，四围雪岭觉衣单。

五月十三日谒布达拉宫

天上神宫雪域移，祥云驾起众山低。
经幡摇曳天人会，石级盘旋魂魄离。
百丈丹崖九重殿，千尊龛塔万宗迷。
酥灯明晦三生证？合掌文成思决堤。

五月十五日车行后藏

车行后藏两千程，尽览高原秘境风。
喜怒无常天任性，淡浓有致草朦胧。
乃钦作态遮颜过，雅水含情伴客行。
夜过江孜思旧事，宗山遥对拜英雄。

孔唐拉姆山

我拜神山正适时，美人妆罢亮风姿。

素裙迤地笋肩俏，碧玉凝脂云鬓垂。
脚下明湖留倩影，腰间锦旆诵嘛呢。
停车四顾疑天尽，沙海茫茫谁演篪。

江浙行（八首选三）

游秦淮河

十里秦淮故事多，六朝烟雨锁清波。
桥头遍插桃花扇，岸畔犹传柳是歌。
王谢门前空得月，燕来堂下漫吟哦。
悲凉千载英雄事，欲挽斜阳无鲁戈。

晚游上海外滩及黄浦江

莲花座上月何如，挽起银滩串串珠。
十里洋场成旧忆，百年老店换新符。
凌波铺锦凭谁织，绮梦行舟有我无。
欲饮但邀天界客，众星捧出桂花壶。

游扬州瘦西湖、大明寺诸景观

岛似丁螺浮碧海，湖如玉玦缀维扬。
楼台渺渺隔帘看，花木深深半水藏。
廿四桥头明月夜，大名寺畔两贤堂。
风流太守吹箫女，舞罢龙蛇赋大江。

纳林湖

塞外沙湖数纳林，绿波摇到大河滨。
船行苇巷昊天仄，客在江湖鸥鹭亲。
咫尺渔歌人不见，九天银魄水中沉。
比肩西子不输色，穿越时空可避秦。

谒准格尔伏波将军路博德塑像

一

沙洲有幸拜将军，感念伏波天地勋。
马踏贺兰安紫塞，鞭挥百越靖妖氛。
明珠归汉南疆定，战舰焚琼民事勤。
问政十年享庙祭，托名三代世流芬。

二

底事一朝沦楚臣？贬迁无奈困沙皴。
长河落日英雄泪，强弩蚀淤弃置身。
骨撒荒城终不悔，功垂青史渐成神。
妖风今又起南海，谁是伏波传代人。

集宁白泉山凤凰楼

劬力白泉勤植桐，凤凰翩至化楼崇。
飞檐挑出东山月，悬铎摇来四海风。
风月盈庭凝紫气，霞霓涂壁射苍穹。
挟龙掣虎潮头领，百二河山当此雄。

游集宁霸王河公园

霸水悠悠石蹬悬，雕栏岸芷锁湖天。
轻舟载客穿云过，锦鲤抛梭暗手牵。
风雨亭前说今古，凤凰楼上理瑶弦。
嘉园尽会迁人意，好梦还须故土圆。

游圆明园

断壁残碑实可哀，弥天公案倩谁裁。
一朝尽失阿房丽，百载难凉汉苑灰。
肉食奢靡黎庶昧，国家积弱鬼神来。
盗之论道天花坠，普世物华皆我财。

岱海游

常忆当年岱海游，天光山色一湖收。

苇丛拾贝惊孵鸟，沙岸观潮荡系舟。
唱晚渔歌荆楚梦，横牛牧笛武陵秋。
牵情最是重阳日，蛮汉登高不羡侯。

次韵克敏晚秋即兴

晚秋羁思共凄凄，叶落闲庭掩石蹊。
醉卧书床难觉晓，梦提祖剑似闻鸡。
银盔金甲霜天冷，铁马冰河夜幕低。
莫问廉颇能饭否，少年心志与天齐。

次韵和克敏诗友小聚放歌二首

其　一

达人取世一瓢箪，把盏谈诗亦达观。
吟客醉仙皆上座，香橙酥栗进中盘。
虽无铁臂能扶鼎，但有精诚可炼丹。
王事独贤非我虑，寒来暑往自加餐。

其　二

人生极致一瓢箪，梦想终为壁上观。
多少期颐煎白首，无端城府转愁盘。
如金岁月多浪掷，似火青春妄炼丹。
回首不堪尘与土，凭谁问我尚能餐。

残秋杂感（一）

罡风一夜觉秋深，羁旅乡思最恼人。
斜雨敲窗难入寐，芸宣铺案不收神。
卅年漂泊异乡客，世事蹉跎老病身。
铁马金戈空自许，诗田蛰伏做吟民。

残秋杂感（二）

西风一夜扫斯文，街树亭亭净裸身。
呼伴哀鸿何切切，牵愁苦雨竟纷纷。
半生蓬转家山远，三径草芜兄弟分。
愿借天年三百岁，君王不侍侍情亲。

乙未重阳登高

九九登高云雾低，千峰万壑各藏机。
山河秀丽叹虫咀，道路崎岖恐别移。
不古人心企后望，守成勋吏尚犹疑。
回天当祭毛公剑，割腕无须恤寸肌。

甲午端阳感事

两甲不消千古恨，金瓯有缺补难终。

喧天笙鼓岂昌世，得道鱼虾早化龙。
饶食能填湖海欲？叩舷难使鬼神恫。
神州板荡几人醒，不问苍天拜邓通。

提前退休答友人问

卅载事公如荡舟，未曾到岸便回头。
莫言村野少恒志，终究航程多暗丘。
彼岸风光非我属，溆湾天地任鱼游。
人生适意几时有，不教空桩憨系牛。

流　光

流光一甲去无痕，听雨僧庐日见真。
品味人生难说苦，缅怀既往不成仁。
大千世界乘槎客，三十功名过眼尘。
书剑无成难服老，苍天不弃再扶轮。

流　年

流年如梦悄然驰，欲挽余光莫负时。
混迹网微心不古，留连山水意栖迟。
发皤不打镜前过，夜静常为月下思。
检点平生无长物，沉江尚有半瓢词。

自　信

自信头皤不是翁，耆年还望碧纱笼。
诗成一句揿灯起，字酌五更搜腹穷。
交友还看诗界好，倾杯每到酒颜红。
感时一把荒唐泪，朋辈讥余老愤虫。

有感习马会

归路茫茫又见梅，百年恩怨共登台。
星洲一握桥山笑，兄弟同筹金石开。
鸿堑已随时日浅，藩墙宁待子孙推？
中华复兴双边责，路带相携看未来。

杏花吟

桃花将谢杏花开，四月春光凝粉腮。
凄雨蛮风难减色，淡妆雅韵不输梅。
殷勤只向东风献，高贵偏从虬骨来。
最是出墙情一段，撩狂多少古今才。

次韵克敏《2016 岁杪吟》

岁暮堂前烛泪晞，凭高把盏独依依。

流光一甲何其促，回首平生可点稀。
隔岸观潮鞋不湿，浇园抱瓮腹无机。
举眸南望家山远，兄弟无音泪浸衣。

乡村炊烟诗友筵宴吟，步克敏韵

书剑不成归去么，关山迢递奈之何。
羁朋聚首乡心重，老酒浇肠时话多。
绮梦醒时难再续，流光过后感蹉跎。
老之将至求无别，但得诗杯入醉哦。

次韵贾学义总编退休吟

霜临紫塞雁归稠，卸却公烦自在游。
既把余生托湖海，无须高阙竞风流。
兴来邀友狎鸥鹭，吟罢离骚醉叶舟。
两岸鹧鸪啼不醒，落红逐浪送清秋。

巴彦高勒镇宴后得句寄友人

诗家相聚望江楼，盛宴排开美味酬。
奶酒清醇蔬应季，肥鲈精脍肉滋溜。
或言河套得天厚，我谓娘亲荐血稠。
知否吾侪把盏处，波涛势已越头流。

羁居青城感赋，兼赠故友

久居闹市座无宾，所幸还余自在身。
食肉无须弹铁铗，逢时不用拜高门。
宦朋去我何堪惜，大浪淘沙始见金。
一闪荧屏乡讯到，难为故友慰孤心。

游婺源小镇李坑与同学饮后作

小桥流水万华楼，老树筛阴翠鸟啾。
细女当垆恍司卓，青梅煮酒说曹刘。
三杯下腹豪情注，众口调诗好韵流。
桥下鱼虾悄然聚，探奇竟忘逐波游。

潭柘寺

借得峨眉一方景，移来太岳补茏葱。
殿依山势宝峰矮，檐挑金乌紫禁红。
帝席虚前有僧影，京畿无处不禅风。
燕幽千载兴衰事，尽在龙潭映照中。

丰镇古长城

浑水入关东复东，苍龙一脉假燕峰。

千年白骨肥禾黍，万里征程到梦中。
角起阴山尘蔽日，烟弥古堡马嘶风。
北南交会息兵革，血肉筑城徒做壅。

为耿庆汉先生八十寿辰贺

传薪半世但求真，业内无人不仰君。
擢后甘为铺路石，兴邦偏爱选基因。
素心不以红尘动，创意常缘责感新。
不醒红专何罪有，诞筵美酒为公斟。

叹　友

少年才气老持狂，每感不平情发浪。
自叹涧松生不遇，常悲屈子被离伤。
骨铮不屑山苗伍，身退犹牵喧竞场。
荏苒时光多浪掷，不期秋景已苍黄。

曾经泼墨折侪辈，何不振雄扬己长。
天降我才当自惜，我循天命又何妨？
曹公不第圆宏梦，尚父无钩钓玉璜。
世事缘原无定数，仁人得失道其常。

月夜过雁门关

横山中断雁门开，征鸟南来至此回。

两壁雄峰如虎踞，三千烽火映天裁。

残祠古木昏鸦噪，清月荒丘鬼魄哀。

欲吊英雄凭垒望，秋风万里入怀来。

闻康丕耀《白屋诗稿》出版，赋诗以贺

康君吾所爱，岂独咏名高。

文秉生华笔，怀藏万古刀。

羸肩撑日月，白屋领风骚。

如此清吟者，为邻也自豪。

与参加第二届内蒙古诗词论坛的诗友游阿尔山驼峰岭天池景区

驼岭攀梯上，湖山一抹霞。

水沉龙虎骨，石嵌玉兰花。

白桦婷婷立，层岚款款纱。

有缘仙苑会，云海共飞槎。

乌素图村森林公园观桃杏

暇日赏桃杏，此园花正疯。
万柯云锦覆，一水武陵通。
香雾随风漫，飞英贴面红。
辞村行半里，追尾两三蜂。

晨登鹳雀楼

身凌高阁上，影送大河滨。
岭树围平野，风烟迷古津。
句名楼有幸，图奥梦成真。
造化人难逆，沧桑代有新。

寄陈实吾先生

挂冠归梓里，临水辟茅楼。
冬钓寒江雪，夏盟如约鸥。
举杯邀明月，种豆款饥猴。
夜读出师表，泫然涕泗流。

十二连城怀古

古戍今安在，残垣没草低。

烟花迷君渡，沙碛着风犁。
拒敌阴山外，屯兵受降西。
苏卿困胡阙，强弩蚀淤泥。
烈士难终老，杨门多寡妻。
才高天不惜，无德蹑高梯。

对饮赋

怀君非一梦，每每挈壶来。
今藉神差会，发皤酒不衰。
开扉讶眸对，落座启坛筛。
双箸未曾举，三筹已下怀。
热肠浇杜酒，豪思荡胸埃。
曩日弗堪忆，余晖尚可裁。
人无韩信智，奚恋垒金台。
念此当知恤，感时歌不哀。
我吟金缕调，君奏赤莓开。
兴尽唾壶缺，怀开笑脸歪。
人生得知己，谁谓不为财。

清明京西珍珠湖野炊

深涧一湾水，环湖四月葭。
青荷正脱鞘，粉杏已摇花。

花落迷望眼，水清荡碧沙。
掠波胡燕过，入镜伟岩斜。
松下安营寨，炉开煮奶茶。
闻香野凫至，翘首盼人奢。
童子争投食，小囡抢尾巴。
鸭惊扇翅去，声唳唪空赊。
一盏红星酒，两盘哈密瓜。
但能消市困，不怕醉天涯。
醺卧湖心石，静看涧底蛙。
折根青苇管，挑片落湖霞。
日暮无归意，听松神自暇。

边城满洲里印象

明珠嵌碧原，芳草接云天。
鸡唱闻三国，虹悬搭两边。
青枰开市井，璎璐烁云轩。
有场皆雕艺，无楼不冒尖。
民操蛮汉调，商喜异方钱。
顾盼多金发，往来不空肩。
宴宾银烛席，助酒碧晴媛。
蛇舞摄魂魄，船歌忆逝年。
户开千禧后，名聚八方贤。

欧习如酥雨，唐风亦着鞭。

海阔鱼龙跃，时清鞍马闲。

古来争战地，开放谱新篇。

【正宫·塞鸿秋】有感吴敦义“想统到对岸住”

滑头一个泥鳅范，陈仓暗度明修栈。皮蓝瓤绿精装扮，实和李蔡同条蔓。三不欲何为，偏安机遇盼。风头但转终为患。

【正宫·鹦鹉曲】元上都三题

上都怀古

莲川风雨何曾住，千载往事问樵父。想当初闪水濯缨，龙马穿行烟雨。　　(幺)景阳宫万国朝仪，锦旆四时来去。岂知它铁桶江山，竟也是英雄了处。

李陵台怀古

忠良三世英名住，败陇塞嬗变蛮父。望征鸿尺素全无，泪洒襟袍如雨。　　(幺)悔当初年少轻狂，陷虏锁身难去。纵然他锦帐娇妻，竟也羡苏卿隐处。

上都神榆

巍然千载莲川住，惯看闪水钓鱼父。呼啦啦甩出疏罾，

网起一船风雨。　　(幺)看残垣委地弥深,昔日炫煌何去?唱渔歌扯片霞帆，径捣那仙家饮处。

鹧鸪天·辉腾锡勒点将台

汗府屯兵大漠西,筑台点将有残基。雄师十万从兹去,白骨千堆异域遗。　　征六部，拓疆陲，挥鞭欧亚有余威。当年功业今安在？终究江山不属谁。

鹧鸪天·咏包头九峰山下金骆驼酒庄

贺监西游过此庄,金龟换酒不思量。曾经沧海难为水,不饮驼醪悔断肠。　　呼李白，唤颠张，衔杯绝胜杏花乡。山明水净尘嚣远，醉卧九峰凭我狂。

老屋赋

清明回乡，偶入父母曾居住半世纪的老宅，见房屋破败，庭院冷落。触景生情,颇多感慨。 因作之以记。

高堂昔日在，斯屋何辉煌。十里遥能辨，树高冠梓乡。燕剪堂前柳，巢筑檐下梁。白泥涂四壁，盆芷泛幽香。儿女常相顾，衷肠诉萱堂。月静素莆卧，悠然入梦乡。戚到有鸡黍，朋来博弈忙。闲暇邻里至，煮茗话家常。爷娘相继去，薪灭灶膛凉。陈设虽如故，落尘似覆霜。庭前树半朽，屋左小园荒。门有“将军”守，窗无折日光。朋戚音容渺，街坊隔豁望。偶尔见人迹，童稚捉迷藏。兄弟各南北，欲归家底方？梦中常聚首，梦醒泪沾裳。呜呼人在世，聚短离散长。亲在宜早奉，亲去空悲伤。

观蒙古族画家萨纳·巴特尔画马

塞外画师巴特尔，公麟再世不虚名。画马工意不工似，宛若明湖映峻峰。提管决眦酒颜红，秃笔淋漓看客惊。倏忽一挥公孙剑，撒收顿挫任纵横。乍看毫端墨云滚，云凝云散渐呈形。浓淡刚柔总相适，跃然一匹穆王骢。振鬣扬头四蹄奋，疾如飞镝矫如鹰。尘龙拽尾难得近，玉吻啸天欲裂空。上有英姿横杆立，弓腰昂首坐如钟。风解缠头飘忽忽，杆摇劲草起黄莺。问君安得神来笔，窦齿笑开似稚童。幸得同侪前致意，陈其业历解疑丛：渠居草地五十载，目解马牛如庖丁。驱笔在心不在手，功贵僧繇一点睛。

阎克敏

内蒙古自治区凉城县人。1948 年 10 月出生，1968 年 12 月参加工作，2008 年 11 月退休于中国人民银行内蒙古武川支行。中华诗词学会会员、内蒙古诗词学会会员。现已公开发表诗词作品 1000 余首（阕）。作品曾获全国第四届“华夏诗词奖”二等奖、全国第五届“华夏诗词奖”优秀奖、第二届“华夏杯”全球华人诗词大赛优秀奖、“昭君文化杯”全区首届北方诗词奖二等奖等。有自选格律诗集《阴山幽草》问世。

慈母辞世廿年祭

慈容入梦近年稀，始信衰迟亦庶几。
归省之期多草草，别离以嘱每依依。
老知忏矣空追悔，孝欲尽兮痛失机。
廿载春秋泉壤隔，幽怀只许泪沾衣。

咏　兰

名重江湖王者香，帝王称谓近荒唐。
寄身幽谷尘嚣远，为伍野樵风露凉。
雅韵一丛能蕴秀，清芬几缕足流芳。
纵然九畹留姿影，岩壑林泉是故乡。

戊戌岁杪吟

年来年去又新年，感慨人生似画圈。
方骋怀为朝露日，再回首已晚霞天。
曾随时下夸秋美，也向篱边咏菊妍。
投老唱酬多胜友，清空寂寞是诗缘。

新春独酌成诗

葡萄佳酿属干红，独酌何须盘菜丰。

逢八九年仍淡泊，饮三两盏已朦胧。
满头白发斯人老，一枕黄粱其事空。
往昔职衔全忘却，还原本色是诗翁。

读报有感

高官频倒目休瞠，利剑新磨期翦鲸。
柱石安能容蛀蠹，干城应是萃精英。
从来谦谨为根本，自古勤廉出政声。
才厚果真财厚敛，黄粱一梦误卿卿。

写在甲午战争爆发日

甲午英灵为国殇，匹夫有责重担当。
可歌可泣虽悲壮，积弱积贫诚感伤。
圆梦已呈新气象，居安勿忘旧疤疮。
桓桓华胄多奇士，热血至今犹未凉。

再读《剑南诗稿校注》

秋雨绵绵读剑南，放翁心事有谁谙？
诗名已就生无悔，功业难成死岂甘！
笠泽风光虽信美，散关消息竟何堪！
一腔热血唯书愤，留得珠玑识伟男。

哭二弟克勤

黄泉路上尔先行，惭愧未能送一程。
痛彻肝肠难抑痛，情逾手足最伤情。
今生既许为兄弟，来世还期做弟兄。
往事依稀真似梦，坐看秋叶落无声。

戏题书房

书房书桌与书橱，曾是儿时憧憬图。
一缕清风晨览卷，半钩残月夜操觚。
倦来远瞩夸朝气，兴起狂吟击唾壶。
老有所为为底事？只余心力做诗奴。

岁暮感反腐

中枢亮剑孽难孳，蝇虎下场堪预知。
腐败已成多米诺，贪赃可上吉尼斯。
吏风毕竟关时政，权力岂能为己私。
国势兴衰谁主宰？俭奢自古惹深思。

读《甲午战争120周年诗词选》

千首歌吟祭国殇，一腔忧愤向东洋。

风云色变刘公岛，英杰名传邓世昌。
往史悲辛应惕厉，壮怀激烈重担当。
硝烟虽散幽灵在，志士仁人血未凉。

甲午除夕感怀得句

甲午将辞乙未来，自然规律有轮回。
芳春在眼凭描绘，好句成胸漫剪裁。
强国已教魑魅悚，正风更见虎蝇哀。
老夫乘兴歌时代，圆梦中华何壮哉。

乙未青城初雨

岭上云耶抑雾耶？寒生袖袂只些些。
桃花细雨胭脂湿，燕子微风羽翅斜。
湖水有心书荡漾，柳丝无力舞夭邪。
一年好景须珍重，莫向芳春空自嗟。

公主府公园看桃花

知时好雨紧相催，万树夭桃一夜开。
香雪皑皑真似海，彩云朵朵竟成堆。
吟怀骚客诗添料，留影佳人花做媒。
春色满园何用买？优游林下久徘徊。

端阳诗人节寄兴

又是端阳感慨深，九歌赋罢有谁吟？
荷风蒲雨依时见，香草美人何处寻？
角黍龙舟传百代，廉行洁志值千金。
诗家庆节尤须节，屈子高怀颂至今。

体检戏咏

体检深知病患饶，达标不易每超标。
当亲蔬食疏甘旨，已罢醇醪近苦荞。
具好心肠凭自信，敞真肺腑任人瞧。
诗痴书癖医知否？痼疾今生不可消。

建军节志感

几多先烈血流红，成此惊天盖世功。
已铸长城名域外，何期巨虎卧军中。
徐家狂攫资财厚，郭氏豪贪钱帛雄。
治党常悬诛佞剑，好教贼孽试青锋。

自　嘲

高官落马恨权奸，野老归真乐赋闲。

身置利同名以外，情钟山与水之间。
年来读写思维钝，病后行游步履艰。
唯有诗心常耿耿，一觞一咏一开颜。

秋　兴

西风故故过园林，菊放嫣然色比金。
岁月无私今似古，人生有限古犹今。
幽怀不抱利名欲，雅兴难抛山水吟。
蒿目而忧空扼腕：城狐社鼠总惊心。

抗日战争胜利七十周年志感

月照卢沟记寇狂，危亡时刻敢担当。
强梁作孽泯人性，志士成仁赴国殇。
旧梦难温空拜鬼，雄狮已醒谨防狼。
凭教东海波涛恶，射日雕弓弦正张。

乌兰察布凤凰楼

凤凰楼上豁明眸，有凤来仪紫气浮。
一水潆洄飘彩带，三山翁郁绿荒丘。
龙争虎斗书青史，地覆天翻起壮猷。
边塞雄奇留胜境，好凭椽笔写风流。

寒衣节忆先人

双亲仙逝痛心肝，每忆音容泪不干。
野岭荒坟知夜冷，朔风冻雨可衣单？
遥烧币帛情无尽，远隔云山梦亦难。
一自倚闾人去后，向谁促膝诉悲欢？

冬日自况

书剑惭无一件成，归来白首卧边城。
饥鸦阵阵盘空疾，飞雪纷纷落地轻。
散淡渐多闲适句，疏慵岂有不平鸣。
功名利禄皆余事，诗伴书生过此生。

读　史

乾坤多事闹哄哄，用舍行藏各不同。
菊采篱边归栗里，名垂宇内出隆中。
闻鸡起舞人安在？对酒当歌曲已终。
遗臭留芳谁解得？古今史是万花筒。

岁暮回眸

岁云暮矣问如何？引我回眸细琢磨。

病未痊兮犹困顿，思无邪也只吟哦。
盘中蔬食堆清淡，身上布衣穿暖和。
人世何须伤往事，修为全在乐呵呵。

正说蔡英文台湾胜选

潘多拉盒启难收，蒿目东南生杞忧。
诡计无非怀贰志，骂名真欲著千秋？
尽知共识为常识，不信逆流成主流。
一统河山循正道，宁容宵小裂金瓯？

乙未腊八

节逢腊八感粮香，稼穑维艰岂可忘。
老去新春客里过，儿时旧梦粥中藏。
炎凉世态休惊诧，苦乐人生须品尝。
我已偏枯成废料，惜无余力事农桑。

致滑国璋先生

扫叶山房扫叶成，叶虽无语却关情。
旧声新韵开蹊径，显宦平民识姓名。
书画久经烟浸染，诗文堪比酒澄清。
老来寡欲心常泰，吟啸何须计雨晴。

公园行吟

湖似明眸碧一汪，清荫渐密水风凉。
风能解愠还除燥，水可滤心兼润肠。
隔叶莺鹂传昵语，报春花木送幽香。
老夫亦爱韶光好，乘兴来吟诗数行。

次李文佑《端午节有怀》原韵

汨罗一跳血喷丹，英气千秋尚觉寒。
橘颂已申他日洁，国殇宁有自身安。
萧丛毕竟憎香草，尸位从来养素餐。
何不相随渔父去，沧浪歌里地天宽。

暮雨将至登楼遣兴

登楼极目向青郊，暮雨欲来雷鼓敲。
漠漠阴云山戴帽，昏昏湿气鹊归巢。
赋闲有乐岁无恙，养老无忧月有钞。
病后单车骑不得，行吟还赖坐公交。

读报有感

珠镶南海似蓬莱，环伺眈眈逐梦来。

惯逞凶邪唯霸主，欲分余沥众奴才。
金瓯自古凭维护，闹剧于今看仲裁。
军演空前宣国力，宁容鬼蜮酿成灾？

看新闻有感

军头显赫更猖狂，东北虎同西北狼。
才厚果然财厚实，伯雄真个帛雄强。
魂丢未审兔先死，刑判无期狐亦伤。
谁记毛公谦谨诫？清廉贪腐系存亡。

做客草原蒙古包

茫茫碧野草粘云，几点穹庐间畜群。
雨脚收时呈旷朗，马蹄踏处溅芳芬。
千秋巨变言难尽，一曲长歌酒半醺。
人道民风称好客，送迎依旧奉殷勤。

华夏航天颂

旧说天河与海连，浮槎来去想联翩。
神舟岂止能登月，人类何须再羡仙！
直上太空八百里，终圆幽梦五千年。
牛郎织女应无恙，好取支机石凯旋。

题女孙公主府公园赏花照

满眼娇妍动迩遐，欲将人面比桃花。
桃花毕竟含春色，人面原来是女娃。
香雪海中留靓影，绮霞园里竞芳华。
老翁亦解童孙乐，码字为诗夸一夸。

白道吟

白道苍茫名久闻，野花如绣播清芬。
商驼远去随明月，战马长嘶入阵云。
松下础留关帝庙，山间石记吉将军。
秦墙汉戍依稀见，望断千秋旅雁群。

再咏《中国诗词大会》

风骚博大且精深，薪火相传自古今。
一会无双扬国粹，千秋不灭有诗心。
小荷露角凭滋润，曲径通幽赖探寻。
我是百人团外客，遥敲边鼓助歌吟。

和云玉顺《街头拾荒者》原韵

街头巷尾寄行藏，梦里也曾奔小康。

废物翻来知苦累，冷眸射至觉凄凉。
九流不载拾荒者，百业应增破烂王。
伸出一双黧黑手，敢同墨吏较谁脏！

题昭君墓

饮马长城赋壮词，昭君出塞只嫌迟。
红颜漫洒思乡泪，青冢高标动地诗。
已化干戈为玉帛，更凭才色做阏氏。
若无名动千秋事，老死深宫哪个知？

杂　感

致仕归来心态平，唯凭吟读送残生。
蝇营狗苟诚无耻，蚕食鲸吞已不惊。
此日民安称国泰，何时弊绝见风清？
百年歌哭余波淡，谁记艰难玉汝成。

得胜沟感怀

草树芊芊峰插天，窝棚茅舍忆当年。
风云虽变山河色，铁血能书肝胆篇。
饮马长城驰虎旅，磨刀塞水靖狼烟。
凝眸得胜沟村外，恍见英雄正凯旋。

满都海公园赏牡丹

牡丹无愧号花王，华贵雍容着靓妆。
国色牵眸酣酒色，天香入袂染衣香。
敲诗骚客应添兴，合影佳人欲借光。
野老亦怜时日好，采芳得句付奚囊。

夏过白道岭

花红树绿草青青，满目葱茏风送馨。
隧洞三钻通险阻，奇松独立见娉婷。
中溪名系水经注，古道声回驼马铃。
老去只宜诗寄兴，不知山鬼可曾听？

儿童节遐思

儿时六一是良辰，皓首回望记忆新。
不忘勤劳勤学习，高歌爱国爱人民。
光荣名列少先队，骄傲胸飘红领巾。
耿耿此心虽似旧，怅然无处觅童真。

连日喜降中小雨

悯农劳苦此心忧，解愠风来报好音。

翻墨满天云幂幂，跳珠连日雨涔涔。
苗肥南亩三分绿，水涨西河一尺深。
但使田间眉眼展，何须地上见流金。

夜雨晨兴

潇潇夜雨晓初收，一霎新凉暗送秋。
花木色明添韵味，燕莺舌巧说缘由。
达人自信无槐梦，盛世焉能有杞忧。
古往今来多少事，白云千载总悠悠。

林下自语

寻常岁月自年年，过好寻常每一天。
花放妍姿开雨后，鸽惊残梦语窗前。
闲听翁媪言新政，闷借诗书晤古贤。
但有微吟吾已足，蝇营狗苟不沾边。

秋登杀虎口关楼即兴

走西口路叹维艰，古戍千秋血泪殷。
峻岭遥伸云树外，崇关高耸晋绥间。
披星戴月商驼远，铸剑为犁戎马闲。
指点山川明似画，流光尽洗旧容颜。

早餐嚼诗

早点何须好菜肴，病来端的远粱膏。
一壶滚烫砖茶水，两个暄绵土豆包。
市面行情言涨落，坊间消息听唠叨。
故人犹做诗人看，无所用心聊自嘲。

俄国十月革命百年祭

岂惧周遭众敌围，俄国当日立崔巍。
红旗不幸易颜色，青史如何论是非？
民意关兴还系败，党风杜渐更防微。
百年世事悲难抑，共产幽灵失所归。

秋兴（八首选三）

——次杜陵野老原韵

峰头独立望霜林，千里关山雄且森。
汉代边烽多战伐，秦时明月有晴阴。
长河大漠抒豪气，铁马秋风起壮心。
弹指一挥俱往矣，唯闻歌舞不闻砧。

国势兴衰似较棋，百年慷慨有余悲。
东瀛鬼蜮猖狂日，南海风涛激荡时。
港澳珠还虽未晚，台澎璧合亦何迟。
自强不息天行健，华夏腾飞非梦思。

以身许国愧无功，独立苍茫落照中。
细数流年随逝水，静听残叶下秋风。
病来瘦骨因诗硬，老去衰颜为酒红。
髀肉重生休惋叹，我行我素做吟翁。

初冬游将军衙署

羽书消歇肃刀环，当日情形不一般。
军令急宣传朔漠，声威远播镇阴山。
舆图万里辉秦月，风雨千秋壮汉关。
庭树熟知兴废事，苍皮轻抚已斑斑。

腊月廿九即兴

鸡犬相闻年味浓，风收凛烈日初融。
虽无梅蕊舒春苑，时有烟花炫夜空。
灯彩千般添喜庆，购销两旺证兴隆。
天南地北迎佳节，一派祥和火样红。

诗送李康二友之京华

贤弟仁兄将欲行，边城东去入京城。
大青山下鹃声切，太液池滨柳色明。
壮志未随霜鬓老，初心还共玉壶清。
相交十载称知己，原草萋萋满别情。

我空军轰 6K 战机绕岛巡航

银鹰破雾复穿云，利剑横空天下闻。
钢铁铸魂彰国力，雷霆造势镇妖氛。
金瓯久盼圆无缺，宝岛终当合不分。
好梦成真期可待，向隅而泣是英文。

百诗墙下书所见

绿荫浓处掩诗墙，欢蹦娇丫两岁强。
鸟语啁啾歌老调，稚音甜嫩诵华章。
才吟松下问童子，复咏床前明月光。
数十名篇皆熟背，何愁国粹不弘扬！

戊戌端阳过大青山口占

端阳时节过阴山，吊古怀人意未阑。

五柳挂冠归栗里，三闾赍志没江干。
清廉但以洁身重，忠正缘何报国难？
我欲因之问寥廓，岫云无语自盘桓。

贺赵家村挂牌“中华诗词示范村”

已非泥腿裹泥巴，耕读农人气亦华。
放眼田间翻麦浪，倾情心底绽诗花。
勤栽致富摇钱树，高咏脱贫奔梦家。
国粹传承添自信，小康路上乐无涯。

满都海公园晨兴

渺渺清波淡淡烟，一篙撑破水中天。
晨风轻拂柳丝软，宿雨初收荷露圆。
鸟啭三声双翼疾，花开万朵满湖鲜。
恍疑身入江南地，惜少船娘歌采莲。

重访故校

母校如何时挂怀，古稀翁媪得重回。
访游步履匆匆入，记忆闸门缓缓开。
笑语书声淹岁月，楼堂室舍掩蒿莱。
似曾相识寻常燕，依旧低飞去又来。

先父百周年冥诞祭

哀思冥诞百之龄，墓草年年枯复青。
求学归绥逢战乱，教书蛮汉做园丁。
一生诚朴心常泰，二竖猖狂药不灵。
手札数函遗爱永，几回开读涕先零。

过绥远城北垣

青史回眸三百年，我来吊古独凭轩。
阵云高压将军府，朔气遥传敕勒原。
墙下惊看花草茂，耳边恍觉鼓笳喧。
新城筑就期绥远，斑驳如今剩北垣。

中元节看晚辈回乡上坟小视频

视频一段慰衰迟，晚辈回乡祭祖时。
寂寂荒坡埋至爱，萋萋野草动幽思。
人间苦乐先尝遍，泉下哀荣不可知。
老病自惭筋力减，心香遥奠只凭诗。

清秋杂兴

秋来天气最无常，忽雨忽晴暖间凉。

草木经霜初变色，果粮带露暗飘香。
休言白发催年老，永抱丹心愿国昌。
点检人生堪傲处，钱囊未饱饱诗囊。

黄叶吟

黄叶萧萧色比金，一番霜露一番深。
风中起舞翻飞蝶，雨后飘零铺锦衾。
写意画家施重彩，抒情骚客动长吟。
又当尽染层林际，独立寒秋忆故林。

毛主席诞辰一百二十五周年祭

百年屈辱苦呻吟，天降斯人挽陆沉。
疾恶如仇贪腐绝，爱民若子感情深。
以身垂范先贤德，立党从严公仆心。
但得威灵常荫庇，哪容豺虎啸山林！

岁晚即兴

何日湖边挂柳丝？年轮飞转顺天时。
闲斟李白催诗酒，闷读陶潜饮酒诗。
林下论交怀旧雨，吟边得趣结新知。
笑他赃吏楼成阵，哪似鹪鹩栖一枝！

密云古北水镇记游

车向桃花源里开，燕山深处绣成堆。
橹摇星夜声欸乃，客坐篷船心快哉。
古色古香盈古北，幽居幽径惬幽怀。
默思脚力非畴昔，未敢登攀司马台。

黑沙兔劳动锻炼五十年记

五十年前到武川，求田问舍激情燃。
书生意气今安在？学友行藏信可传。
似火青春俱已矣，如霜白发觉茫然。
一朝回首成遥忆，谁念山村旧里廛？

小寒夜漫兴

由来低调懒逢迎，林下归真爱晚晴。
世上红尘空扰攘，镜中白发任滋生。
脑成梗后方知钝，心似初时未减诚。
吟友隔屏常砥砺，难分诗弟与诗兄。

寄语高考学子

尽道考场如战场，莘莘学子笔为枪。
十年磨剑功夫硬，两日争锋意气昂。
雁塔题名心向往，蟾宫折桂愿须偿。
人生过坎知多少，家国情怀切莫忘。

“进京赶考”七十周年有思

燎原星火照征程，赶考从兹进北京。
糖弹袭来应不倒，警钟敲响正长鸣。
论功能创新中国，鉴史当悲李自成。
七十年间回望久，毛公着眼最高明。

除夜戏吟

子夜一过，余虚年七十有二矣，老妻于旺火前烤红内衣以迎逢九年，戏吟一律以记之。

背心衣裤色俱红，八九人生今夜逢。
旺火烤过添旺气，衰翁穿起减衰容。
偏枯无奈梗于脑，厄达何曾滞在胸！
新岁莫询新打算，诗田依旧做耕佣。

一年一度话春运

春运潮如江海潮，一年一度到今朝。
车轮机翼还加次，地域时空不计遥。
游子客中心早念，亲人望里手频招。
大团圆已传承久，家国情怀岂易销！

平谷雕窝村遣兴

村号雕窝不见雕，农家乐里洗尘劳。
野山坡落红桑葚，庭院枝垂绿核桃。
地产蕨蘑品为上，箩挑果杏价非高。
恍疑身又归蛮汉，惹我乡思正郁陶。

注：李商隐《追寄韩鲁州同年詹》“积雨晚骚骚，相思正郁陶。”

国庆七十周年放歌

秋高正是艳阳天，笑傲全球独占先。
举国欢歌华诞庆，绕篱怒放菊花妍。
五千载续文明史，七十年书壮丽篇。
浴火重生重崛起，论功裕后更光前。

脑梗罹病五周年

偏枯突发五年前，化险为夷得半痊。
每日恒持行万步，至今未辍咏千篇。
霜风吹老家山梦，文字凝成诗友缘。
一息尚存期自立，此心安处不愁眠。

中国农民丰收节抒怀

秋分时节庆丰收，节庆欢歌动九州。
以食为天家国事，立农是本稻粱谋。
五千年史圆新梦，十几亿人书壮猷。
七秩华辰真可贺，如云秋实满田畴。

题与六弟克强七弟克锋合影照

弟过花甲我稀年，同祖同宗血脉连。
老去生涯轻似梦，儿时记忆杳如烟。
蔬园荒秽难忘却，窑舍摧颓总挂牵。
但愿此身共康健，桑榆乐对晚霞天。

包头行留赠田凤荣同学兼寄宋淑芳、王桂芹同学

插队当年饭一锅，也曾刈麦与锄禾。
青春似梦长相忆，白发如霜可奈何！
宜远瞩时当远瞩，得高歌际即高歌。
同窗为学皆缘分，砚友珍情难灭磨。

从呼武旧公路暮归武川

逝去光阴不得追，我除搜句已无为。
入山绿染连云嶂，望野金铺向日葵。
村舍改容添靓丽，田禾得雨助葳蕤。
一年好景凭君赏，夕照流霞正欲垂。

获自治区颁从事诗词创作四十年荣誉证书志感

浴唐沐宋岁悠长，诗伴人生愿竟偿。
苦乐无妨悲白发，穷通未许梦黄粱。
任他尘世多浮躁，顾我冰心不染脏。
敝帚自珍君莫笑，情真情重是奚囊。

張首贤

笔名青山神韵，男，汉族，大专学历，中共党员。1949 年出生于内蒙古赤峰市翁牛特旗，曾在内蒙古赤峰市、巴彦淖尔市、呼和浩特市等地从事经济管理工作，现定居于呼和浩特市。中华诗词学会会员，内蒙古诗词学会会员。酷爱古典诗词，著有《禹甸鸿踪》《紫塞行吟》等诗词专集。现任内蒙古诗词学会副会长。

大漠草

竹质兰仪戈壁魂，凌寒耐渴笑风尘。
青阳未动君先醒，独领荒原三月春。

思　月

金风应季扫浮荣，吟咏闲庭山色空。
碧海青天今又是，姮娥还在叹蟾宫？

饮　月

仙蟾亮桂启宫闱，玉宇银澜淡紫微。
把酒红尘邀月主，灵光清韵饮一杯。

洛阳叹

洛阳观古迹，读鼎悟春秋。
没土宫闱渺，凌霄窟寺稠。
人心趋善念，历史弃权谋。
金粉九朝邑，奢华付水流。

中秋咏月

休叹花林暗，于时桂魄新。

经天携百斗，纬地照千门。
玄览长河笑，静听游子吟。
无眠华夏客，四海共冰轮。

端阳旅居阿尔山咏怀

山光翠新霁，逸目赏兴安。
日照灵溪瘦，岚滋春木繁。
端阳渡孤旅，尘累扰残年。
月淡蝉声众，风清客影单。

登呼市大青山

拨雾凌绝顶，倚天观业峨。
强形出大漠，逸势挽长河。
故垒武灵迹，新潮云路车。
骋怀人入醉，忘我放狂歌。

春游哈素海

平湖出塞上，烟水动诗痕。
四顾青原韵，一泓西子魂。
泛舟凌日影，戏鹭放天音。
忘却归途远，随波逐梦深。

访呼市五塔寺

柳掩城中寺，风清浣塔林。
钟音悠法宇，惠气荡红尘。
日照金刚卷，禅开俗子心。
忧烦出宦海，养性是佛门。

新疆天鹅湖游记

岭负经年素，湖着迟日红。
苍烟浮雪鹭，碧水绽芙蓉。
悟韵轻舟上，忘机幽境中。
丹青十里卷，尽显自然功。

咏昆明石林

南国毓灵秀，奇览壮天涯。
日洒铂金色，韵缠鸾凤家。
峭峰悠剑气，悬瀑泛珠花。
难忘平生醉，彝乡万树茶。

咏阿拉善胡杨林

凌寒傲殊境，虬曲蟒盘青。

独享三千岁，族延一亿龄。
花飘扬古义，枝舞动松风。
铁骨荣戈壁，博施沧海情。

题克拉玛依魔鬼城

迭起萧森气，荒极鬼异城。
奇出翻骇浪，幻变耸楼亭。
殊境雅丹貌，神工西北风。
月斜幽僻夜，险怪动天惊。

咏长江源

唐古千秋雪，昆仑万丈冰。
摩天倾露屑，纬地启源瀛。
海岳一江挽，烟云九派横。
圣洁凭造化，神韵自坤灵。

题黄花沟风景区

极目风光阔，诗心向碧霞。
三叠飞瀑水，一镜朗天涯。
明绚争芳甸，清香放牧家。
如何消酷暑，塞上看黄花。

观松云峡林下戏题碑感题

相觅前朝迹，云峡步翠荫。

岚悠秋气爽，露浣御碑新。

六赋思林籁，八旬务帝纶。

皇翁犹妄意，松月待何人？

居庸关感怀

税驾居庸塞，诗心畅地灵。

层峦叠迴韵，故垒走龙形。

生气三春雾，点睛千古城。

流连天下客，扼守是曾经。

草原春光

长音雷动浩茫惊，驼啸孤烟袅煦风。

日朗春深阳焰荡，草芳天杳绮云蒸。

白庐傍水斜三径，红柳拂岚旋百灵。

戏犬童牛奔槛外，停观雁阵洒歌声。

草原冬韵

素裹鸿原漫冷潮，几声犬吠破清寥。

帐前琼树凝霜柳，岭上云禽振翅雕。
千里寒光承朗旭，一方精气毓天骄。
牧人罢盏出门去，跃马狂歌溅玉硝。

辽上京遗址怀古

两塔沧桑鉴替更，巴林古迹契丹营。
茫茫碧野弛潢水，历历峣峰环故城。
九帝华宫五京首，一章史记半国风。
萧妃跃马成空忆，辽邑唯余柳色青。

春风吟

一夜拂出万象新，应时潜启动蟾吟。
凭霄舞煦扬青气，借柳摇春布绿痕。
荣润不择肥瘦圃，暄和未漏苦寒门。
人寰普惠逾千度，开化今朝第几巡？

祭先茔

弛行千里跪先茔，泪溅尊前冢草青。
犹获绕膝聆玉训，已失归第叩椿庭。
慈颜常见三更梦，黄土绝隔两世情。
不孝又辞公干去，愧惶扫墓拜清风。

过乌拉特狼山

狼山巍峻朔天横，车过秦关越险峰。
古道入云接宿雪，苍崖出谷放丹樱。
穿岚犹荡嫖姚气，涉漠已息鏖战声。
疑是词家咏边塞，碧空归雁啭清明。

冰雪咏

翩飘凝澹总晶莹，冷落浮华绽素情。
天瑞六花袭玉斗，岁寒二采沁梅英。
清纯尘世圣洁色，淡定严冬君子风。
剔透澄心循气序，瑶光锦地蓄春萌。

鸡鹿塞怀古

雪岭云峡曲道崇，日边鸡鹿跨元戎。
挥瀚海高勋著，辞邸丹墀正气弘。
烽火嫖姚沉远古，沧桑紫塞傲玄穹。
长河还涌关山月，百战黄沙笑语中。

游南昌滕王阁

崇构凌霄出豫章，撩云阁上瞰沧江。

千层涛碧扁舟远，一幕山青烟树茫。
史翰跌连冠亭榭，文魁踵至列苏王。
向来景胜因人重，秋水长天气韵扬。

题凉城岱海

北枕雄峰泊万秋，威宁浩渺惹诗眸。
藏佛洞看波光远，金水岭披云气幽。
风送荻芳袭雪鹭，春归海晏泛烟舟。
天公塞上悬明镜，览尽沧桑鉴日头。

咏骆驼

一声长啸动天涯，绝胜穹庐起塞笳。
劲掌旷途蹬沈毅，灵峰瀚海挺超拔。
忍饥负重丹心盛，临险骄行英气发。
不问征程多邈远，但随风雪走年华。

斥台独

隔岸欣听赤子吟，前嫌冰释慰同根。
无端水蜮掀别浪，有隙台独使异心。
篡史愚民深海怒，忘宗媚日众族嗔。
共识背弃行昏逆，玩火萧墙必自焚。

杏花吟

清寒几度待天时，一夜花开半岭诗。
及地芳踪霜女韵，探春倩影玉仙姿。
雨濯流彩飞烟野，风动添香舞月池。
唯想凝妆报妍暖，焉知浅笑惹相思。

嘎仙洞怀古

嫩水娇原起翠微，洞幽远古纪鲜卑。
石槐跃马开疆域，太武弘儒著典规。
一脉风流汇华夏，千秋功过致兴颓。
山河依旧着春意，极目苍鹰舞落晖。

春游阿尔山

春晓驱车碾嫩寒，盈眸画意曳心帆。
穿云苍莽兴安岭，冠世清泠圣水泉。
雪际观花吟杜宇，塘中悟韵赏石澜。
流连不已别烟树，回望瑶池鉴朔天。

秋临山海关

重阳息驾老龙头，放眼秋清蓟北喉。

海势苍茫吞古月，山形迢递贯神州。
关雄将相筹谋远，阁绮云烟气韵幽。
物象骋怀生漫忆，东奔雪浪卷风流。

北戴河春游随笔

澶湲渝水绕春萌，景胜一区畅视听。
鹰角灵崖戏石虎，螺旋碧塔仰联峰。
千年沉睡巡游殿，百业云蒸度假城。
最是晨曦能醉客，吐霞红日共潮升。

兴城怀古

临阙博观诗绪萦，遥思天启正鏖兵。
阵中霰雪袭寒甲，关外烽烟扰庶生。
奏凯孤城干臣胆，断头闹市暗君情。
前朝故纸迭沉郁，英气流芳化雅风。

咏绥中笔架山

牵眸翠屿傍渤瀛，笔架岧峣巨港东。
地起奇峰云汉外，天成野渡练波中。
幽宫烟笼融三教，幻岸潮来洗万踪。
一派风光冠辽沈，独凭造化写恢宏。

访西柏坡感怀

湖光山色冀西春，历久晖华启故村。
迈气穿庭经岁月，伟人过巷会风云。
颁发电令传雄略，挥洒檄文扫垢氛。
三战告捷四合院，几双巨手转乾坤。

登泰山

听涛古始瞰东溟，一脉巍峨齐鲁青。
云海浮峦淹翠谷，霞绡拂日朗天峰。
桥衔御道千秋迹，水转摩崖百卷经。
遗韵悠悠凌岳顶，高阶步步履人生。

咏微山湖

情放昭阳六月天，芙蓉国里览争妍。
百般妩媚迷瑶岛，万顷荷风动水烟。
光晕犹凌仙子影，波痕似渡汉侯帆。
飞鸥高咏微山韵，莲海浮峰绚鲁南。

过孔林

神道通幽秀木森，娇莺着意啭陵晨。

参天翠柏春秋干，济世灵芝夫子心。
洙水潺潺流雅韵，石仪历历荡儒魂。
华章遍地皆仁礼，萦冢墨香别样芬。

第一个南京大屠杀死难者公祭日感赋

金陵公祭恸瀛寰，警报声凄江水寒。
倭寇屠刀灭人性，王城怒气锁钟山。
邦兴方有鸣冤日，雾重皆无开霁天。
浴血驱敌昭后世，发皇华夏慰轩辕。

谒南京中山陵

秦淮水碧鉴英灵，茔域迭发华夏情。
白玉碑呈辛亥绩，紫金山漫逸仙风。
殚精五法正国体，尽瘁三民拯众生。
浩气弥留呼努力，锤镰开济慰先行。

咏东晋山水诗人谢灵运

才与陈王论斗分，蛰居入世总伤神。
笺呈气象玄言淡，云抱幽石造诣深。
秉笔琅琊发翰采，衷情山水壮乾坤。
召擢不问经国计，江左卓拔动地吟。

无锡五里湖怀古

蠡湖烟水动苍茫，犹见朱公弃越邦。
忠尽国衰冷薪卧，智达名盛劲弓藏。
能臣九术摧敌垒，商圣三施振梓桑。
乃往贤哲多宦贾，为仁致富也流芳。

值 G20 杭州峰会圆满闭幕感题

至言宏旨万邦服，挑战危机向复苏。
联动创新谋久远，包容共济务长足。
尽皆求索寰球路，岂是清谈西子湖。
更有担当博众望，炎黄智慧构蓝图。

闲　情

云淡风疏阔昊天，清游塞上步春烟。
溪鸣幽谷诗心动，情放兰皋鹤梦旋。
几页新笺书逸致，半壶老酒饮超然。
太极剑舞元和气，无意神仙不坐禅。

春　雪

启动淑氛抵万门，六出飘逸普天欣。

拥梅淡定冰心静，抚景轻盈瑶魄纯。
但教兰芽发谷翠，甘将玉骨付春深。
清魂莫叹无归处，笑挽东风洗世尘。

扬州古运河水上游感题

萍泊画舸惹诗眸，柳浪浮莺啭渡头。
淮左水郭萦秀气，天南纱雾笼风流。
花拥波路舟痕泛，竹掩楼台箫韵悠。
十里春妍能醉客，丹青一品古扬州。

瞻仰南京梅园新村周恩来纪念馆

春融江左悦村松，一片追思着日彤。
鸿著无疑传至理，青铜有幸塑周公。
调风蜀水琴心朗，破雾钟山唇剑雄。
合纵连横偕翘隽，梅园仪范冠西中。

春　堡

雄鸡戴月唱春深，惯见田园挥汗人。
巧种时蔬兼五谷，精修瓦舍共三邻。
明前雨降禾苗壮，日下电传科技新。
老柳村头摇景气，衔泥紫燕舞风纯。

访五台山

登览名山圣境开，悠扬梵乐绕峰怀。
人存善性修三世，天赋灵岩化五台。
幽谷仙风佛镇渡，空门释旨禅心栽。
华宫汉魏无踪觅，云寺千秋有客来。

春游雁门关

登临崇塔看超辽，迢递关山入碧霄。
尽意春阳融宿雪，无言故垒写前朝。
烽烟三寨千秋憾，忠烈一祠百代骄。
铁马寒旌做遥想，熏风渡塞雁声高。

过风陵渡

汇流三水汉关东，拍岸惊涛动碧空。
势起吕梁访秦岭，名扬风后辅人宗。
烟云缭绕群峰远，晋豫襟连双路通。
一派生机夺客目，千秋古渡啭飞鸿。

过娘子关

承天古堡泻飞泉，水磨人家隐柳烟。

郭挽桃河丹景下，路接太岳碧霄间。
皇姑立马安三晋，铁旅驱倭布百团。
两省风光拥宿将，博得过客叹雄关。

春游华清宫

芳草新发既往灵，沧桑人事似萍风。
飞霜殿树春依旧，晨旭亭栏客复凭。
不见霓裳妃子笑，犹闻赤胆诤臣声。
一池曼妙君王醉，由是频添血泪倾。

题西安碑林

浩瀚华章炫帝城，碑林犹荡硕儒声。
三学古色两千载，一馆琦魂十二经。
书圣墨痕流韵远，诗佛竹影弄风清。
前朝士子临瞻后，文海驱舟逐浪行。

五丈原谒蜀相祠咏怀

渭河旧绕汉营春，柏翠相祠八卦陈。
疏表激扬忠烈气，碣碑铭刻武侯魂。
多谋可至功绝世，足智难脱病殒身。
未尽奇才恨天去，诗人千古咏纶巾。

瞻仰白园诗王墓

吐日龙门紫气萦，白园逸韵乐天陵。
听伊九老遐悠忆，记注一碑高尚评。
仕进方廉洁宦海，词出坦易亮唐风。
童心会化琵琶语，万古遗馨冢草青。

登黄鹤楼

凭栏远眺浪涛东，鹦鹉洲头着日红。
鄂野川灵龙驻脉，楚天云绮鹤潜踪。
一楼可纳八极气，二水犹添三镇雄。
如画江山邀墨客，谪仙搁笔让崔公。

参观五家尧新农村建设

几处机耕启笑痕，柳烟翠掩小楼群。
竞发桃李呈英艳，自在妪翁聊樾荫。
人唱红歌风气正，地钟绿色稻粱纯。
一村希望着春煦，千顷诗情待放吟。

游武赤壁感怀

弛奔雪浪卷沧桑，故垒临游荡气肠。

北橹扬威破江雾，东风造势助周郎。
豪雄沥血三分鼎，名胜着辉一统邦。
羽扇出谋成远忆，听涛赤壁倚斜阳。

游长沙橘子洲头

岚拂古渚鹭啼空，胜迹清游感慨浓。
开雾江天炫红日，临风橘岛塑毛公。
沉浮谁主湘川问，破立君为禹甸崇。
浪卷污浊随逝水，碑着遗韵耸峥嵘。

诫　贪

仕途坦荡以德铺，恪守廉洁休妄图。
莫道繁荣毁清正，焉知盛世惩邪污。
贪心似铁终非铁，严法如炉才是炉。
多少拘囚哭狱壁，唯将罪孽向天赎。

游新疆天山天池

瑶池夏景四时全，幽峭石门启洞天。
秀木间花放春煦，灵峰砌玉入云寒。
一湖清韵标金母，三瀑澜瑛竞雪莲。
骏辇穆王无影迹，斜晖空照五十盘。

回　望

似梦如烟岁月频，瞬息已见鬓霜真。
风云叱咤归陈档，诗礼承传向至仁。
清露滋熙三径草，华章舒泰五湖心。
朝夕契悟榆桑韵，兰友筠朋共鹤吟。

柳侯公园吊柳祠

思柳轩前遗韵芳，一园古迹镀斜阳。
罗池潋滟芙蓉水，翰采辉焯薜荔墙。
立论天人人舛命，垂纶江雪雪寒舱。
谪居刺史凌云笔，萧瑟南荒赋锦章。

游绍兴沈园

莺啼宫柳舞春晴，惹目亭台南宋风。
孤鹤轩前观雪鹤，放翁桥上忆诗翁。
气吞残虏言先立，笔慑权奸功晚成。
遗韵流芳昭后世，婉词半壁楚酸倾。

十九大感赋

特色敦行风物深，强音动地慰国人。

初心不改安邦久，铁纪从严治党纯。
敢教丹旌同日月，终将清气满乾坤。
繁荣一带丝绸路，尤显锤镰主义真。

春风吟

拂拭三春景色，唤呼大地生机。回天有术总归奇，一渡川原凝碧。　　着力促催雨露，倾心滋润桃梨。融怡广布续朝夕，留取人间和气。

元上都遗址怀古

莲川览灵秀，遥想帝都桓。宏图华构，曾经崇丽挽苍原。荟萃士伦商贾，行走龙车凤辇，王气九霄旋。几度沧桑后，碎瓦枕残砖。　　幕府影，一统迹，写蒙元。会当有忆，宏拓疆域数空前。势起啸风铁马，功建兴邦华夏，青史有遐篇。一代天骄去，豪气荡阴山。

沁园春·咏准格尔黄河峡谷风景线

一派洪流，三千浩气，绝漠精魂。见北来故垒，湍激惊岸，南出小占，潋滟怡神。横挽关山，纵连蒙晋，九曲奔腾涌古今。发遐想，是神工鬼斧，妙构河岑。　　谁人挥洒诗痕？启一带风光壮厚坤。看渔村古渡，遗风朴厚；

神泉瀚海，胥境宏深。现代文明，增辉龙口，竞秀迭连是处馨。生嘉叹，胜丹青夺目，留恋游人。

减字木兰花·题《迎春图》

横出独好，古木坚苍心未老。试觅年痕，笑向红尘几许春？　琼枝清逸，仙魄临凡萦紫气。谁不发痴，半壁冰魂惹目诗。

满江红·题辽上京望京阁

塞上崇阁，彤云绕，望京矗立。幸登览，骋怀穆畅，惹眸诗意。层构隆崛缠古韵，飞檐斗拱叠绝技。倚雕栏，眼底两城收，钟灵地。　沧桑塔，标更替。临潢府，陈声迹。有辽妃萧绰，统戎佳丽。跃马挽弓开况古，尊儒勤政留长忆。谱汗青，塞北展风流，豪雄气。

沁园春·青城

华夏名城，戍边首府，浩丽绝伦。看北依青岭，形出漠塞；南襟湟水，势挽关津。远古文明，前朝史迹，涵映归绥四百春。三娘子，乃巾帼翘楚，垣筑高勋。　先驱扭转乾坤，启蒙汉团结举市欣，至改革开放，乳都崛起；创新图治，神骏飞奔。高架凌空，新区拔地。一派生机贯

碧云，千秋计，构城乡互惠，怡畅生民。

卜算子·重阳咏山菊

无意恋春光，独占重阳好，竟自凌寒笑傲发。其乐谁知晓？　　瘦影依秋岚，孤艳发青杳，梅魄冰魂吐冷香，不惹狂蜂扰。

念奴娇·秋韵

云岚疏淡，水瘦潺山丽，诗情博泛，皓露清新洁大野，柳绿稼黄中看。红叶华林，陶菊绽蕊，谁展丹青卷？万千珍象，顿时留恋归雁。　　漫道悲起萧辰，循环气序，何须空哀叹。秋色更兼春景媚，我喜金风荧灿。畴垄飘香，嘉实盈目，以适农家愿。仲商明月，澄晖丰鉴靡曼。

沁园春·题纳林湖生态旅游区

玉带明珠，南挽黄河，北枕汉关。见蓝天碧水，赏心一色；绿洲金岸，悦目千般。鱼跃船头，鹭鸣波上，此处钟灵非谬传。惊回首，有荷风微动，仙子临凡。　　阴山环抱平川，恰渠纵莺啼伴柳烟。叹前朝秦赵，唯余断迹；故国辽宋，仅有残垣。岁月更迭，沧桑变换，巴市新荣扫塞寒。来河套，看纳林风景，绝胜江南。

春　雪

道是瑶台客，飞冬又舞春。
羞花非汝意，捧月朗三分。

春　草

蓄势三冬隐，萌茁一幕新。
连年续青翠，图报有灵根。

晓　行

披星戴月已经年，夜半松州客影单。
人羡风光百重笑，天知征旅五更寒。

室中孤夜赏秋菊

独赏罗含圃上娇，暗迭芳馥泛秋宵。
玉颜羞月袭人醉，客舍无声破寂寥。

洛阳赏金谷春晴

争名逐利类浮尘，久历沧桑金谷春。
草木无情自呈绿，风光不共置园人。

李文佑

原名李文有，号乐山居士，1950年2月24日生于内蒙古乌兰察布市察右前旗全胜局村，祖籍山西定襄县。中华诗词学会会员，内蒙古作家协会会员。历任《内蒙古诗词》编辑、副主编，内蒙古诗词学会副会长。作品曾在国内多家诗词期刊及报纸上刊发。著有《方寸燃灯》《蚁槐石雨》《破茧图南》等旧体诗集。

世事难

托身为人非好古，谁知如今做人苦。坑蒙拐骗得阿睹，贪赃枉法成巨富。黑白颠倒几人悟，穷凶极恶脱网罟。官高宅深无贼侮，平民有冤何外诉。家国日日成孤树，下有千千万万蠹。高枝不见猛禽怒，剥皮蝼蚁猛如虎。巧言如簧老鹦鹉，自唱高调自擂鼓。苍天有眼不我顾，岁月无情朝复暮。四海汹汹难留住，何处觅得桃园路。

逃税民

逃税老冯不耐老，年近六十形枯槁。买下羊儿暂歇脚，抽支香烟忘烦恼。家住内蒙商都县，子承父业穷不断。十年难得半数丰，艳阳时雨不容情。近年虽得土自耕，前后利税两难充。出逃只因力不堪，风餐露宿度日难。乡中父老不如我，言之令人催肺肝。一年苦旱麦歉收，乡官催税总没完。东邻小壮敢直言，惹恼一伙父母官。拳脚如雨头上捣，咔吧双手锁钢铐。四马撺蹄塞入车，寡母垂泪泪如河。小车一去快如飞，满眼黄尘刮地灰。站久望断犹未归，高天无月漠漠黑。慈母一夜心如割，侵晨强起倚门楣。乌鸦聒噪村头树，姗姗来迟知是谁。但见小壮步履艰，身后押役两公安。昨夜钢铐还在腕，白眼乌青头发乱。红菊贴面颜色粲，唇焦口燥声凄惨。父老乡亲救救我，暂借金钱

把税完。明天我若自由后，挣来钱财加倍还。少妇见状俱掩面，怀中摸出体温钱。老妪头上脱银簪，老翁施舍二三元。西街口到东街头，心中血泪相和流，凑足税款获自由。乡官杀鸡以警猴，一村税款匆匆收。三提五统交清后，盈余红边依然有。焖蛋炖鸡喝烧酒，山珍海味吃不够。歌厅桑拿全消受，豪情只上重霄九。致富不忘引路人，三万两万送贿金。领导有方心会同，明年给你刮东风。可怜乡亲不如狗，离乡背井牛马走。明年客死他乡道，魂兮漂流无依靠。老冯语罢泪满面，坐间数人复长叹。思定忽觉衣裤单，纷纷扬雪天正寒。俄顷北风发怒吼，声声呜咽哭老朽。

步出蓬门行

天地秉至公，赐我轩辕血。信步出蓬门，骋望寒沙月。大鹏不在野，狐鼠相喧谑。蜘蛛结罗网，鸱鸺鸣乱穴。秋风摧斩迟，丝萝不枯竭。兰蕙减芬芳，蒺藜多分蘖。蝇蚊沾腐株，营营成酷烈。下僚同流俗，烈士争名节。国家兴与亡，匹夫俱有责。驯顺觉汗颜，违逆心自约。发声惭孤蛩，振臂愧对月。男儿发深省，不待资贤哲。旷野绝人行，心事谁与说。

乡蠹忧

虽使衣食丰，民间怨谤生。生财贵有道，心折不厌贫。

官吏操刀俎，民生肉在砧。四季多辛苦，饱暖真难副。健壮多出门，羸弱守其村。宵分乡官至，征税不扰民。肥羊将税充，庖厨急火焚。可怜伏雏鸡，煮做肥肠羹。皇恩正浩荡，谨记慎勿忘：幸哉盛世民，口业不论刑。

酷　夏

山头石欲燃，涧底泉正涸。闲客争避暑，农夫急锄禾。盘中米一粒，日下汗千颗。应思耕稼苦，索税勿用苛。惜哉乡间宦，催逼似阎罗。叱咤气焰灼，比夏也已过。税充国家富，为农心不颇，最是饱私囊，忧愤谁与说。

萤窗自述

吾身生也早，只合秋江老。知耻方为勇，失学心如捣。对月思佳句，迎风读吟草。众怒人难犯，专欲我独槁。未达书中趣，先遭村童诮。身着百衲衣，心愿虮虱少。本欲助耕田，难期身病倒。可怜父母心，化作青烟袅。无计陶朱富，有口寅吃卯。三餐常不继，一蔬还欠饱。烘屋煤秸尽，拾叶秋风扫。少年何所思，思遁丛林奥。谁识胸间意，四顾无所告。悲歌籍工尺，青林寄呼啸。人言精神病，我自仰天笑。八本样板戏，一生嗜痂好。前事已茫茫，来日正长长。幸有一支笔，涂鸦五味香。未获趋庭训，自将百科详。艺苑呈锦绣，薄才叨余光。一介书生气，三尺龙泉钢。

掣鲸琼海里，殚精谱华章。

明泰陵大修有感

今人不启九王堆，皇帝金樽贺后妃。
尸朽千年还坐大，官升一纪永光辉。
聚麀周曌岂尴尬，离黍铜驼讵是非。
无数英魂惊互问：江山后主属阿谁？

遣　兴

云卷云舒任是非，卸辕老马不知悲。
眉峰黛色因诗奋，胸海红潮向日飞。
一梦南柯均富庶，五铢忠悃化葭灰。
男儿立世应无憾，勇为江山树巨碑。

感　怀

生来情癖自学儒，八索九丘娱当初。
半两人情逢处冷，万条国计用时无。
龙孙自有耕云利，鼠子还承打洞图。
侧首得窥新世界，难为孔仲跨桴浮。

圆明园

金铸皇宫一焰消，羞残武卫后龙刀。

城头烈火空名誉，鲸额英雄问鼎高。
老佛爷成真祸水，李鸿章负大儒豪。
神州信有奇男子，即炼青锋雪耻烧。

《七九河开》读后再寄

行慎言微智有余，藻思骖驾魏王车。
三更箫引回春梦，七九河开警世题。
黑塞红颜丘垄远，缟天云路雁行奇。
蜉生幸有花竹伴，浊酒斟来顿忘机。

无　题

荒原驰野马，冬雪过深秋。日落青山静，风吹樵客留。傍炉寒看腿，行步喘欹楼。至爱容颜悴，亲朋音问稠。开书生目翳，扛鼎难力酬。食欲藜难获，诗成夜未投。孰云天地大，不载一丸愁。

忆　旧

门庭造次饥成患，年少疯狂百事幽。
鹑结褴衫贫似丐，心通湖海欲成鸥。
未能道悟敲鱼键，险吊椽空系马钩。
思过初知形实累，悔将羸魄寄神州。

遣　兴

病榻编诗未敢劳，云山追梦自风骚。
死生荣辱难唯一，学问身材欠等高。
治国从来需宰相，扶刘未必赖萧曹。
致知格物修身事，无意隆中起卧蒿。

残　夜

一岁年华冬欲尽，万家灯烛雪中烧。
思归蓬岛飞黄鹤，病卧床头听夜枭。
疱疹锥胸生气短，枯花熏鼻落魂销。
将它地狱人间过，怕甚幽冥苦竹桥。

抚今追昔

年少曾经岁月枵，荒村道李竟成痨。
深秋出牧情多闷，冷夜观书恨未消。
不有千番疼彻骨，哪知一世苦难熬。
皈依三宝还披发，放旷随缘度剩朝。

戏题赠吴上人

麻鞋着意践莓苔，囟顶疑蜂抱瓜来。

破屋添灯山雨雪，空床敛欲月当怀。
已揩廊柱留云驻，更净山门待鹤徊。
樵客难闻新境界，荆丛撩缝费疑猜。

无　题

花卿有意在星分，锁钥无声自辟阍。
云雨羞言司马老，阳台欣会卓王孙。
销魂一刻千金价，窃玉三生两腹真。
存世恋情家室累，长生无力闭关门。

无　题

未便乘风已奋飞，孤庐屈指咒余晖。
交唇动脸移红啄，贴面惊魂隔世非。
紫帐云文迷树鸟，红檠光淡照罗衣。
千年一遇遗红豆，裸相随缘叠洞帏。

无　题

人生苦乐总难销，抱憾曾经独木桥。
把臂初疑蝴蝶梦，倾心终化海天谣。
筵朋须仗过墙胆，馌亩足堪皈饿雕。
半日光华归我有，年年佳讯赖卿劳。

读史感怀

不二忠臣终事主，投诚叛将暂从宽。
欲将余勇追前路，且拜刘三筑伟坛。
纸贵宜操司马笔，梦圆再写薛涛笺。
人生有志穷须奋，莫待求成再着鞭。

无　题

白眼曾经处处哀，今生不妄慕聊斋。
过从如蜜贪唇昵，执手沾胶怯汗开。
湖沼未劳归雁静，桐枝先止渴凰来。
清香错藉阳台放，半世忠贞付病霾。

无　题

半亩家山耕具懒，一蓑烟雨梦帆迟。
寒窗月色心难定，红粉音容客未知。
已获芳华陪司马，遑论泥沼滞云旗。
涂鸦借得陈王笔，再写骚魂惜别离。

无　题

青锋未便到荆崖，灶火难熬午夜茶。

十二楼头吞玉液，三钱皂角洗袈裟。
阴阳既济开无奈，表里相同乐有涯。
指日蕃营归汉使，青天酥雨属秦巴。

赠　友

投李曾遭冷语羞，磨铜自照不胜愁。
梁鸿无奈空巢冷，韩信背时噩梦幽。
渴饮凿泉根石滞，饥餐初炭灶蛙讴。
逢君已是千年后，珠惜三生一笑秋。

达赉湖

凉风扑面海天遥，信有河神注碧漻。
岸涌波涛船上下，人吹螺蚌韵低高。
滩声夜静归秋雁，鱼尾朝腾浣玉潮。
一镜映天留万古，诗人过处尽风骚。

秋　夜

醒梦缘来鸟落巢，拥衾听雨度秋宵。
心随归雁苍山远，病满期年趼手劳。
奥运风雷临阵隔，身边事业待躬操。
初凉夜动檐前月，独照斯文老秃瓢。

自　遣

难得灵台半日闲，隔窗风扰不成眠。
痴怀未堵弥天雨，觉悟难为过海船。
泽国龙遥鱼斗水，坡瓜村近盗归田。
幽生感慨真多事，缀网劳蛛实谬然。

圆　梦

厌见人情瓜豆分，先贤教诲刻心真。
扶龙不惮追云远，救主何难入岛深。
责令千山开道路，掀翻四海洗乾坤。
均贫等贵真吾土，乐得轻舟泛隐沦。

物价回落有感

未有脱贫先后批，世风谁得乐奢靡。
亿家生计全依北，一夜公财半姓私。
官窖暗存金纸烂，矿藏明夺子孙资。
欣逢次代飚锋动，物价回低慰所思。

自　况

少耽衣食老耽诗，学步邯郸日日痴。

新稿依灯看欲烂，老妻暖被入眠迟。
心多不为油盐算，饭少还亏枣豆滋。
人事萧条公论误，阿翁缓急子陪持。

劳身求伴一囊诗，半世平平老梦痴。
晒谷常愁晴雨晚，淘金不怕夕阳迟。
忧撩紫塞乌云浣，闷看青禾白露滋。
未得中庸逃病诟，胸中褒贬待修持。

残躯不是白眉儿，门户难能立凤仪。
欲斩荆榛开道路，屡投砩石问狐狸。
三冬风雪埋幽径，一旦霓虹泣露葵。
老来莫恨鹏程晚，搏海拿云亦有时。

留得等闲伴此身，薄于安乐老于贫。
皈仙不遇千秋鹤，寄志常思万里云。
年少风光哉易老，老丢爽快忒难勤。
凋残白发灯前读，欲挽斜阳二度春。

赠吴上人

朝对红霞夜倚松，偶于床下看啼蛩。
诵经堂卧知音鼠，香积厨敲违律钟。

剃得青髭人未老，泊来白鹤梦初浓。
腾云九五伤肱折，王佐谁怜失诏封。

蚊蝇处处落腥疣，栗枣年年看岁秋。
魔世修行成正果，人胎换得失蹇修。
闭关根翘惊难定，梦蝶门开恨不羞。
集市归来披锡挂，香熏红粉未思丢。

留　得

留得病目残躯在，听雨听风睡不惊。
茶煮三江四海水，书读二漏五更灯。
知荣不忘独家法，免耻多交三益朋。
世路黄昏犹未短，冲天一啸半如龙。

黄叶诗成后题

无奈鬓深起二毛，修身三立未全抛。
世途已老愁寒腿，心意难逢悦凤箫。
独坐黄昏看纸暗，断无红袖执檠劳。
面虚抱手贪存问，谁是三生石上娇？

悟空诗成后作

瘦腹书生枉自优，奴妻课子做王侯。

豪门不见醉歌舞，陋巷常听病雀讴。
虎啸高山民破胆，猫蹲当路鼠开溜。
分明未解为官乐，抱个棒槌瞎吹求。

贾漫先生评吾《方寸燃灯》感念系之

自觉无才愧项斯，辱承华翰誉多辞。
风情已老江淹笔，赤胆难麾李牧师。
竭虑吾存箪食早，泣麟人奠两楹迟。
先生教诲书绅处，三味生涯谨勖之。

注：先生以我读书、写诗、饮酒为三味。

宵分读史

前生合是蠹书虫，未了曾经处处情。
夜借灯光开病眼，晨馏饭冷对渔翁。
三余易赖春秋夏，一饱难皈佛法僧。
梦醒寒宵觅故纸，涂鸦忽忆映囊萤。

天　马

大宛牵来汗血名，可怜健足缚长缨。
陪龙已远青云梦，踏虎难超细柳营。

惨败徒劳胡秣豆，锦旋应羡汉公卿。
偷生独愧当年事，伯乐虚言益主荣。

忆 旧

半生辛苦梦犹多，俱付荒唐逐逝波。
刻骨铭心瓜菜代，劳蛛缀网雨霜磨。
恃才欲傍天心近，闲气难平世事颇。
案牍当前消永日，偶将心剑对灯摩。

感 怀

世事分明忧在眼，谎言千遍假称真。
民情但许公为伴，诗茧何难蛹出身。
已结人天半壳果，未抛家国一颗心。
明朝会看日全食，或有微词议此神。

感 悟

已识薄情因隔面，更知厚德可扶头。
蹙眉不为钱粮绌，投足多劳事务稠。
渐老夷吾愁已没，还童吕尚运迟留。
若将贫富看平等，渡尽劫波是方舟。

渐老生涯谁做主，三闲消得自由身。
行云不碍雁横塞，渡客犹堪夜问津。
耗尽心丝虫化蝶，烧残躯体蜡成仁。
此身无我功难建，枉费丹田精气神。

感　慨

登高骋望塞烟秋，历井扪参感慨稠。
石化为羊真妙法，树犹如此不堪愁。
二毛侵老潘安鬓，一醉难平鲍照羞。
吾道穷时麟趾出，人心险惰倩谁修。

萨纳·巴特尔作画行

萨纳巴特尔名不假，一笔能画万毛马。墨池拖出乌龙尾，万里草原任挥洒。初观画法心微哂，不见马蹄踏芳茵。原来画意师老子，以无为有显其真。

挥毫驭电复驰风，再抹三涂画已工。马上骑手气如虹，长杆一杵天地通。妙手写意还写神，一气呵成势绝伦。上下左右应手变，鸡晨七月舞刘琨。看久众人皆赞叹，如入画中人已变。白马非马我是马，不待催鞭驰天下。画家须发杂二毛，露顶豁齿霍嫖姚。前世铁骑踏草原，今生毛锥立画坛。三两白酒一口干，一醉更写天地宽。巴特尔，真英雄，马狼牛羊笔下生。化繁为简能抽象，我写此诗传其名。

秋风仄吟

秋风底事凋黄叶，依稀渐雾城楼阙。都市正卖中秋月，同欢欣逢国庆节。股市人愁股价跌，灾民无收封镰歇。商家锱铢苛求切，菜肉价高不能缺。长假迎来旅游热，拼车需慎人心隔。多管闲事运途仄，路见不平腕需扼。才高难辨善与恶，盛世做人多免责。又经小雨飘潇瑟，凉夜难眠何由彻。

读　史

开篇妄读古今衙，定国何曾失爪牙。
蔡琰归朝因有魏，李陵背汉是无家。
焚琴煮鹤非多事，靖难安刘亦莫差。
懵懂众生求饱暖，叩头不恧女人爹。

马头琴

头尾肖像寄哀思，时时在抱两心知。热烈能化莽原雪，冷凝不教白露澌。风过苍山云开疾，湖放群鸭舟荡迟。行家在手不为难，可推可拉可拨弹。鸟叫羊鸣归牧晚，风呼铁啸逐晨寒。海不生波白鸥静，雁能振羽避霜还。入耳初疑风细细，振聪又听鸟关关。铁骑踏破结冰水，殷雷初爆大阴山。轰轰烈烈四海沸，浩浩茫茫白浪翻。造化不敌两只手，能教日月跟我走。阴晴风雨趁手来，日日变幻能几回。名列乐坛看独有，便分春色藏满袖。维也纳乐厅做安排，自领风骚传不朽。

和韵酬林峰先生

故国风骚足万秋，嚣尘不废大江流。
衡门板荡孤忠泪，缧绁栖迟立世愁。
挽得英魂追民主，拼将热血荐龙谋。
书生意气将军恨，总在凌烟阁上留。

乐得新年辞旧年，应防星火再生烟
抚孤当慰泉台士，缉恶须冲黑手天。
四海升平光半放，千番调剂梦初圆。
宜将大勇承先志，合是英雄著猛鞭。

自　述

下岗酬薪待慢加，淡将生趣逐烟霞。
能成慰母唐三彩，不欲留名宋四家。
晚跃龙门求点额，早生虎仔断为蛇。
修身已付黄昏后，犹自栽篱学种瓜。

秋（回文）

秋来雁过渐风稠，乐处无缘叹白头。
流水漫升涛断岸，病身愁宿夜横舟。
牛耕早出惊明月，浪泳迟回飞瘦鸥。
留去任他归海埠，悠闲自我是王侯。

无题（回文）

离别早知相遇难，菊花看饱睡求闲。
堤盈绿叶荷塘醉，屋绕青藤石院残。
啼鸟出山林漠漠，戏鱼留影水潺潺。
溪芦过雨秋来久，宜见枫坡染色丹。

得句再寄吴上人

居在山深处，无非罪不惩。
蚁槐花雨梦，沙塞竹斋灯。
一夕天波楫，百年蒲岸僧。
风高声自远，慎守玉壶冰。

回文诗赠吴上人

明桥罩水阻新岚，事世无知方细参。

青面兽遭多背运，冷团蒲悟一通禅。
瞑窗小雨飘秋暮，静院孤蝉泣树寒。
经诵三闲销夜永，生前忆罢叹居鳏。

遣闷（回文）

悲和蝉声一鸟讴，暗增山色伍云愁。
时闲坐石瞧亭竹，夜静飘霜落暮秋。
眉锁多缘无事用，运通还仗有名投。
迟来说事人何奈，卮酒同谁共唱酬。

自　嘲

颓发先生爱自嘘，萧斋字号乐山居。
一窗松月照无寐，半亩诗田种有余。
四海烟尘迷众鸟，百般狼狈走单驹。
光宗耀祖别家事，我是何人欲食鱼。

登　楼

重阳过罢又登楼，岂肯心花悲暮秋。
雨过千山云尚黑，鹰飞万里欲何投。
满城人物谁曾主，一曲忠诚世不收。
忍看世风归险堕，可怜禹甸未深究。

忆　昨

打窗风搅夜来愁，忽忆当年麦歉收。
万户锅炊瓜菜味，一炉香敬马毛头。
人分六类恩仇立，事有千条反正求。
忝我贫农贫彻骨，汤中鼻影看为油。

抱　憾

至老谋身欲学儒，穷酸不耻卧寒庐。
开眸惊见新人事，鉴世还翻旧史书。
七尺熊躯空许国，百年声望但成虚。
三生石冷前缘梦，终悔吞丹未化狐。

就医赋

当今医院，收费高、乱收费已成通病，然不意吾近日陪妻就医，竟一方而出三价，一价更比一价高。前此听得工友说：其妻动手术，因误将给麻醉师的红包送了别人而遭手术期间疼晕数次，遭生剖活割之大悲痛，术后五年都不能行动。真可叹可恨之极也。因有此赋。

入门挂号，未识岐黄之术，开口便难；开方取药，不见荧屏字迹，知情不易。

交钱取药，才知磺胺过敏当忌；返身论理，遭斥剖语

何迟。直教山村野老搓手无奈，城中直士气愤有加。入门不见拒，多多益善，白衣天使心底乐开花；小病必大治，检查周全，困顿农民胸中起波澜。“救死扶伤”已成了过时语，“没钱别来看病！”新传做口头禅。红包错送，刀下现哭天喊娘之呻吟；儿母当产，剖腹取缺月缺日之胎儿。万恶钱为首，逮着的便是英雄；人生病是渊，陷进去翻做幽灵。良医能治，不治自己屡纳红包之恶瘤；病夫求活，掏尽数十年积蓄之囊银。

小惭小好，大惭大好，能知惭不失为阳间真人；小病大治，大病治死，敢施治其实是阳间恶棍。季子多金，嫂子施敬；买臣落魄，妻子求分。贪赃纳贿，郭隗误国，杀之犹不足平民愤，宜为为臣之借鉴；趁危索贿，大夫贪财，畏之却不敢不遵，显见下民之无奈。奈何桥光天化日之下，渡者惊魂；苦肉身灯光无影之时，病人失胆。白衣吊孝，天使云丧，十字门翻做黑衙门，无钱有理莫进来；红尘落难，凡夫遭罪，好时光无奈疾缠身，有病无钱滚远点。世风不正，道德凋亡，家猫翻做厉虎；生财有道，马首是瞻，仙娥成为硕鼠。“但愿世间人无病，不怕架上药蒙尘”，旧药坊楹联堪敬；“有钱买健康，没钱莫生病”，新时尚俚语增忧。

仁义双抛，医前学后；道德水准走偏，上行下效。医保覆盖几遍域中，花得都是国民不该花得冤枉钱；持身守正三令五申，治不了官吏偏要伸得聚敛手。明不知己，制

不责众，积重难返大有病入膏肓之势；欲口大开，贪囊难充，就熟驾轻渐成剥床以肤之爻。

壮士赋成，不解倒悬之水；病夫医就，屡空俭囊之银。高层勤绸缪，民间怨谤生。纲网恢恢，时有漏网之鲤；忠言切切，难入塞耳之聪。改革增效，机构专擅，人心污浊压清流；开放搞活，原则凋零，道德沦丧起鸿沟。一斑痼疾，耗尽人民有限身；万两黄金，难塞医院无底洞。或有真天使，白衣人，大爱无疆，救死扶伤，民无所言，吾无所知，只存阙如而已！

豪放与婉约识辩论

七情六欲，情动于中，声发于外。未有文字之前，呼之歌之咏叹之；始有文字之后，刻之记之珍存之。四言为体，肇兴于西周；五七言为宗，大兴于唐宋。

诗言志，歌咏言，古人已有定论；赋比兴，为法则，后世以此为宗。追及汉晋，诗风大盛。官场风雅，章奏尽绮丽生动之能；士庶雀跃，文章成曲折优悠之颂。

从容不迫，陶元亮寄情山水，南山悠然见；意气粗豪，左太冲咏史言志，濯足万里流。十年工夫三都赋，宁馨儿怎得世人不开颜；廿载文章桃花源，柳先生腕底龙蛇垂典范。降至隋唐，古朴之风渐杳，绮靡之作或成。日月光天德，山河壮帝居。非龙飞九五，登临泰山而小天下，胡得有此

恢宏豪雄；破牖悬蛛网，空梁落燕泥。无牵蛟夺珠，咀英吮华之灵气，何来灼古钦今之绮丽。本期华章扬名，不料才露招忌。黄绢幼妇陨其前，空梁落燕踵其后。虽往古之恨事，亦今人之悲怜。

李太白诗癫，凌风步月；岑嘉州塞外，白雪梨花。五花马换酒，真个豪情万丈； 白雪歌生寒，确是旗冻难翻。苏辛气概，自有豪言壮语成经典；李李愁情，每多幽柔隐曲付瑶笺。

存在决定意识。中人以下不可以语上也。田头细语，儿女情怀，守家园求田问舍，款语如莺；掀天揭地，英雄肝胆，逐狼烟金戈铁马，气冲霄汉。俱往矣，一声慨叹，足见生平快意；走泥丸，小视天下，当属英雄豪言。平民而语责令千山开道路，掀翻四海洗乾坤，难逃不臣之斧钺；书生而语春来我不先开口，哪个虫儿敢出声，定是主国之潜龙。白衣妄语，亦见豪雄；壮士垂虹，临刑失胆。

不在其位，不谋其政，遵诺成癖，语惊四座难工；踌躇满志，衣锦还乡，颐指气使，威加海内真勇。作如是观，亦吾立论之一端也。

悲愤出诗人。“八百里分麾下炙，五十弦翻塞外声。了却君王天下事，赢得生前身后名。”“三十功名尘与土，八千里路云和月。” “壮志饥餐胡虏肉，笑谈渴饮匈奴血”……淋漓痛快之语，悲愤壮烈之声，亦豪放之二端也。

然较帝王之豪放，已见无奈在其中矣。庶民学士，非不可以豪放，须知杯弓蛇影，投鼠忌器，文字狱谁不丧胆；指鹿为马，覆盆沉冤，臭老九那个能逃！学人有幸，豪放通研；诗人坦言，不受主厌。诚如是，豪放或可胜古超今，牙塔生辉，共传不朽云尔。

至如伤情失国，空亭迷燕，对柳思春，空赋武陵人远，烟锁秦楼。多少事，欲说还休。别来春半，触目愁肠断。雁来音信无凭，路遥归梦难成。故国不堪回首月明中。凄凄惨惨戚戚。哀婉幽怨，苦闷难遣，付诸风雅，道尽回肠曲折，便成婉约之一端矣。谁谓雀无角，何以穿我屋？忧谗畏讥，定然有耽心在焉；慎无易由言，属垣有耳。私语切切，岂可与外人道乎？蒹葭苍苍，白露为霜，所谓伊人，在水一方。溯游从之，宛在水中央。一日三秋，万般无奈，妇人得之矣！泛彼柏舟，亦泛其流。耿耿不寐，如有隐忧。我心匪席，不可卷也。一唱三迭，荡气回肠，伤痛何如也！哀而不怨，怨而不伤，缠绵悱恻，非失意之人，宁有此徐迂曲折哉！要之，写婉约易，写豪放难。易在七情六欲人皆有，不如意事常多，切肤之痛，言必由衷。

而豪放非九五之尊，王侯之贵，专擅威福之人胡得有惊神泣鬼，振蒙发聩之大音稀声哉！即或强而为之，也必稍逊一筹矣。

辩士论天，有头有腿。后学骋思，引玉抛砖。偏正与否，幸就教于方家；敷衍成篇，亦一己之赘语。识辨之辞，或有悖于时俗；等闲之人，谬滥竽以充数。

存在（八首选二）

一编谏草读来新，喻古知今济世贫。
天降萧曹冤有赖，君生尧舜怨能申。
祛穷日近万家谱，晋富箴书姚氏绅。
我欲因之藏骥尾，扶摇直上月明轮。

听雨声中识季更，千山霜降气难晴。
丹心留字谁来读，青史除名未足评。
血溅苌弘虹影碧，魂归羑里野猿鸣。
一蓑烟雨平生力，独上高楼望海清。

浣溪沙·存在

陶菊犹开雪未消，种花消息待人邀，雁南飞处素心焦。
浊水浮沤寒冱堵，斜阳废寺古钟敲。巡天无路欲嚎啕！

城　居

一城争改变，万座起高楼。
夫妇工薪者，还添买屋愁。

祁牧女

1952年生，大学本科。曾任巴彦淖尔市中学副校长。中学特级教师，中华诗词学会会员，内蒙古诗词学会副会长兼学术部部长，草原散曲社社长。作品入选《新中国基础教育优秀论文选集》，全国第29届、30届中华诗词理论研讨会优秀论文选，《中华诗词文库·内蒙古卷》《中华诗词》《中华辞赋》《中华散曲》等60多种书刊。2007年出版《桐花集》《桑叶集》《云泉集》。2016年被中华诗词研究院遴选为“诗坛百家”之一。诗词曲赋、论文曾在全国征文中多次获奖。

言情二首

天外飞飞雁影孤，夕阳半落怯迷途。
沙洲何处余春暖，“慰我心田蕴绿芜？”

春雨江乡风做梳，柳烟花雾漫新图。
此身已属梅香瘦，“可似芭蕉裕体肤？”

献给河套酒业集团

绽放心花似彩霞，春风铺路到天涯。
此中祝福千千万，一脉黄河四海家。

登黄河大坝观光亭

底事凭栏感慨多？人生无日不风波。
一朝眼界澄迷雾，万里心天走大河。

山行二首

雾锁长林石满苔，鸟声百簇夹溪来。
劳形归卧星如豆，梦与山花一处开。

行同溪水双重曲，未到崖前已转身。

惊眼芳菲来半壁，从容始与古松邻。

松江河漂流并致崔峻明先生

夕晖洒石岸，碧水激湍流。白桦飘黄叶，青松耸崖头。葱茏满目无心赏，且顾转侧橡皮舟。波回浪打思不定，鸟语花香绪难留。河中乱石半隐现，水面翻花费应酬。笑声随起伏，心惊撞石头；礁石丛中过，航程险亦幽。搁浅才得脱，寻路每无谋；浪泼半船水，人似落汤猴。同舟尔我皆体硕，年齿俱过五十秋。壮年人尽身边去，独余老朽乐兼愁。又及半道天垂黑，桨不停挥汗长流。气喘心急路难进，水溢石横船不浮；峻明急中还长智，皮鞋舀水也解忧；船头牧多笑不迭，连夸应对有妙筹。林樾蝉鸣天如墨，放喉高呼乏一酬。迷惘忽见三巨石，森然逼人遏中流。耳闻水声骤转急，奋力划桨若避仇。紧转船头近咫尺，幸免触礁吁气修。四顾茫然无路去，却见拐道可别投。救急小舟尾随至，提醒还带怨咻咻：开业以来求平安，如许夜漂未有俦。于是倍觉天气冷，夜风吹过胜刀锼。两腿冻麻牙打颤，冰水刺骨敢淹留？隔雾遥见车灯烁，如看北斗光射眸。信是前方有希望，不意磨难做对头。垒石支船多牵累，下水又怕船逐流。几欲弃舟行岸上，闻道林莽困走投。无奈疾呼救急者，左摆右荡始自由。开路引我过水涡，几番波折到渡头。拖泥带水上车坐，剥下衣服缩似囚。同游众客相顾笑，共话此行兴味稠。几时苦撑十七里，山光水色似梦游。暗夜有灯如箕斗，一路摸索亦劲遒；勇气盈胸敢开拓，艰辛饱历足风流！

百岁寿星孙瑞莲寿辰赋咏

孙氏瑞莲，宣统元年生于晋之天镇。中道丧夫，家业独支。三年困难之际，转塞外河套为居。虽不识字，深明礼义；纵经坎坷，博施孝慈。茅檐蓬牖，侍公婆有道；春风化雨，励晚辈读书。由是五男二女，扬水木金土之长；内外群孙，蔚家道民风之美。其气若兰，温馨垂爱；其心如玉，忠贞不渝。居和邻而交择友，承孟母之淑；勤为宝而福满门，披仁怀所为。嗟夫！天地不言，日月行而万物生；寸草无愧，根苗壮而百花滋。孝子胜宴，喜气盈庭；盛世椿寿，高朋满座。因以为诗赞曰：

寿山福海贺期颐，天上人间共此时。
仁德无涯芝草秀，爱心有报蕙风熙。
榕枝万脉撑青盖，松韵千弦颂峻基。
王母瑶池仙客众，应钦纪氏耀门楣！

黎元处世又何卑？淡泊人生每忘私。
开廓心胸悬赤胆，包容器宇养清姿。

梅花修得香冰雪，尘滓拂余笑蒺藜。
玉液金丹为至朴，真人度岁尚平居。

物意二首

病树身危岂可无，枯藤命绝复何苏？
宝山熊熊焚玉石，沧海漫漫失鲛珠。
含笑花为波作态，断肠草是壁昂颅。
微风细雨虽滋润，无奈涂鸦梦幻图。

怀春少女如梅子，天合奚为羡牡丹？
寄意终归红豆好，洁身欲到白莲难。
浓云遮蔽纤纤月，暴雨横倾滚滚澜。
最怕天阴秋入暮，外边冷落内心寒。

乡间小路

蓬户遥收塞柳烟，人踪一线曲相连。
儿时泥土虫吟碧，旧日风尘鸟鼓弦。
夜月明滋浇水锸，夕阳红下牧羊鞭。
年逾五秩情难断，路搁心头往事牵。

读陈慧明女士《人非草木》

人非草木岂无情？情在茅篱市井凝。

社会风云三万匝，家居块垒百千层。
高堆九仞林阴丽，直耸孤峰日色恒。
美玉精金中一括，人窥造化纳胸膺。

人根峰

阳刚性气贯幽衷，一柱摩云接旭红。
脱俗已然凝地力，逼真缘自出天工。
仪容度化沧桑剧，褶皱包涵雨雪穷。
浮想游人休放荡，此为九域独家雄。

游井冈山

五哨分山径，黄洋界独雄。
松篁凌弹雨，日月仰军风。
星火燎原炽，钢枪夺路通。
传薪隆国脉，赤帜傲苍穹。

读滑国璋先生大作有感二首

才子心同造化工，漫天锦绣织胸中。
冬山暖在梅花雪，春野香融杨柳风。
静志长携归雨燕，超尘未许驾云鸿。
看来书画留真气，大擘运毫墨泼穹。

空楼余响美摛文，一脉通灵四野薰。
杯酒同邀星是客，囊诗每见玉如君。
生华意出寻常外，入妙言传八九分。
拜读几回难释手，心空吞吐大氤氲。

谢贾云程兄赠《红山魂》

善吐新词亮旧词，家园爽润雨丝丝。
光风霁月形如质，流水行云书共诗。
金鼎烧丹符火候，寸心铸剑越雷池。
分香一瓣高天外，霞是繁花电是枝。

为满都海公园曲径通幽景点所题

物华妙在与心融，柳暗花明味不穷。
步曲始离尘扰远，寻幽愈显鸟啼浓。
天工人巧莫能外，气爽神清无妄中。
兴会如诗如画处，是非旷达证圆通。

旧村怀想

狗吠鸡啼黄土村，桃源景美不为邻。
至今布谷催农事，畴昔牵牛出莽榛。
一道门通千里路，千枝脉赛一家亲。

君轻民贵随烟散，蛙鼓日消社鼓湮。

夜　悟

心清同此夏宵清，坐对长堤柳带明。
萤火流连三径草，风丝撩乱一河星。
难能天有珍珠月，恰好地连翡翠坪。
杂念浑抛如隔世，蛙声扰处即安宁。

万泉湖边

极目唯兴叹，初秋不识闲。
烟晴沙吐翠，水漫岸齐天。
大笔蓝图构，雄心赤日圆。
问渠何给力？民气是源泉。

野　步

霄壤文章大，相逢亦有缘。
梅开芳草地，柳拂艳阳天。
蛙鼓惊溪梦，蜂衙怨雨鞭。
流云浑是笔，乘隙欲谋篇。

回　村

旧日沙梁变水洼，白云苍狗谩劳夸。
黄蜂飞影几多代，紫燕安巢谁个家？
原上草为言外草，路边花覆梦中花。
他年村景更何置？人老情痴如落霞。

康福先生《观潮集》寄语

诗路吟鞭过绿杨，海东云锦托曦光。
丹诚植地花千片，剑气冲星砚一方。
满贯清风甘雨味，浑融沃土野梅香。
迢迢河汉何涯涘？行者无疆山水长。

感杨满福老人植树

流年不惜掠花红，一例春秋一阵风。
自恨沙飞刀斩木，难容路遇鸟惊弓。
迁家杨柳新偎岸，遗世根苗未绝踪。
垂老关情归布绿，谁人感念主人翁？

青城听雨

楼上关窗如隔世，秋风拂雨雨纷纷。

不闻淅沥坪先湿，尤觉迷茫路近昏。
耳鼓有声长漫漶，心弦无语半消沉。
一层凉至何形迹？转入鸟鸣细似针。

过扬州史可法祠墓

河山破碎缩东南，督相纾危披铁肝。
银杏双株旌骨气，梅花一岭吊衣冠。
殷红是血鹃啼苦，清正为人羽化传。
社鼠城狐新拜阙，谋身讨得几瓯餐？

3 月 29 日为外孙女刘瑾萱贺晬

嫩脸嫩眉嫩脚丫，身临人世福临家。
啼呼日渐连思索，梦寐时常现粲花。
看眼温情春叠彩，凝神活力曙飞霞。
阳光雨露相滋润，成长当如萼绿华。

梦汴梁

凤城春色染烟霞，灯火楼台十万家。
填海人如精卫鸟，移根事逆洛阳花。
江山寻梦归霜叶，风水到头剩岸沙。
不尽凄凉明月忆，曾窥帘内奏琵琶。

处　身

云心雨足绕层穹，遭际东南西北风。
晓月化裁关塞黑，斜阳超度海波红。
浮沉有物皆囊内，慜伏无人不彀中。
一卵良知三寸气，支头岂觉转头空？

乌兰察布市凤凰楼一眺

声腾紫塞追黄鹤，耸立白泉一凤楼。
龙虎扈从皆聚气，地天襟抱不悲秋。
峰高千仞开香径，水涌双河起壮讴。
献颂尧封人拾级，丹青万里在心头。

注：此作于2016年7月获全国“凤凰楼”诗词楹联征文二等奖。

减字木兰花·黄昏二首

斜阳迟暮，情似丹霞留恋处。江水东流，可带人生一段愁？　分明月魄，未照黄泉滋碧落。花又重来，不管悲欢独自开。

去年时候，一样东风吹醉袖。燕绕长亭，也带伤离万里情。　　事成永忆，眼角心头皆是泪。即便春天，根苦输芽吐叶尖。

巫山一段云·狼山岩画二首

身倚千寻壁，情蒸万壑云。狼山深处问仙人：“何日画生根？”　　“历史划痕固，流光射影纷。羲皇远祖早传闻，郦注水经真。”

吐纳天风健，纵横地势坤。大河故道绕林岑，牵曳塞垣春。　　华彩金乌路，清荧玉兔轮。为图五万灿无垠，世界认殊勋。

沁园春·农家酒店

拥翠乡村，集锦田园，风味农家。见碾盘磨扇，当庭摆放；辣椒玉米，挂壁横斜。小伙填单，村姑倒酒，炕席平铺被绣花。平教我，想少时故里，草垛篱笆。　　城中嘈杂喧哗。人念旧，亲情向豆麻。说吞糠咽菜，已成逝水；放牛铡草，早做飞霞。齐奔小康，渐开佳境，反季棚培蔬与瓜。欣趋势，看种田连片，养殖开花。

满江红·汶川大地震感赋

地裂山摧，悲无尽，灾横五月。怜赤县，昊穹挥泪，

人心流血。生死千钧当发系，炭涂一做肠结。遍寰宇，惊悚味沧桑，多关切！　　奔前线，情似煜；匡国难，心如铁。喜中枢决断，八方驱突。十万雄师联亿众，炎黄英胄滋风骨。信来日，锦绣满家园，春蓬勃。

浣溪沙·读东坡词二首

一笑一颦皆活魂，三思三省及吾身。无穷意味在纯真。
路过山阴萦梦美，神驰瀛岛望仙春。读来无处不清新。

无事不罗万象森，有情堪倩百杯斟。乾坤置腹纵披吟。
九派大江横铁笛，中秋明月覆仙衾。雄怀妙想世难寻。

永遇乐·鸡鹿塞怀古

春色羁迟，石崖凄冷，畴昔犹记。结想明妃，西来紫塞，燕子惊明丽。单于执手，穹庐著彩，总是睦邻深意。看和亲，丹青丝竹，颂扬万家生息。　　奇花芳草，流泉甘雨，久忆风流盛事。廊庙奇材，皇家封墓，如逝东流水。蜿蜒一壁，驱驰千槊，只换血河珠泪。数人物，丰碑总在，民心告慰。

满江红·湖莲

碧水盈湖，风丝系，牵枝曳叶。移舸近，伊人私念，去年情结。红若胭脂唯淡抹，白如银粉不浓靥。似而今，菡萏欲成花，尤清绝。　　对尘暗，留圣洁；迎雨疾，知更迭。笑鸢飞鲤跃，蓬麻沙涅。远瞩山岚波共眼，静观玉鉴月垂睫。想渔樵，泉石我春秋，方超越。

沁园春·读海

梦绕神州，气贯寰球，呼尔来前！看蔚蓝千里，权充笔砚；琼田万顷，尽展诗笺。吟啸鱼龙，纵横风雨，回溯沧桑十亿年。莫嫌我，乃癫狂似汝，慷慨为缘。　　珊瑚自有鲜妍。火山活，谁云缥缈间？料清平世界，激流穿底；苍黄岁月，险象无边。后土情怀，丛林法则，搬演今天接昨天。量容德，欲大慈普济，裹雾缠烟。

鹧鸪天·园艺工人

心系枝丫梦系花，情如雨露景如霞。神飞一剪轻装树，笑看三秋晚谢葩。　　留慰藉，怕偏差，芳园风色美佳佳。淋漓汗水添新气，鸟语虫鸣众口夸。

西江月·西湖船娘

荡荡悠悠水面，来来往往船头。红红绿绿客川流，曲曲环环慢走。　　九尺兰篙轻点，几丝春雨同游。孤山更

向小瀛洲，歌起群情爽透。

虞美人·鸡

窄肠轻羽凭人论，路断黄昏近。淮王去后有谁怜，无奈尘间苟且度天年。　　当初也似桃都客，一唱迎朝日。今生尽见玉喉来，不管千门万户几时开。

行香子·游一百零八塔

秋雨蒙蒙，黄水溶溶。青铜峡，汽艇匆匆。劈波一道，激响三重。望山边霭，霭间塔，塔前松。　　三千世界，百八遗踪。想当初，香火兴隆。六根欲净，四大难空。剩拖些泥，着些水，带些风。

水调歌头·心奠陶公

举步马回岭，夺目野花开。清风吹拂祠墓，也似客徘徊。吐纳烟霞一片，隐约从前五柳，松竹倚云栽。诗酒名天下，猿鹤莫相猜。　　东篱菊，南山豆，尚萦怀。如今高卧，神驰万有脱形骸。世俗求官逐利，迭现卑躬谄笑，几个赋归来？眼底宾鸿起，引瞩子陵台。

鹧鸪天·马嵬坡

七夕心盟蟾窟低，君恩似海亦波推。渔阳鼙鼓移龙跸，古道军声乱马嵬。　　花解语，柳牵衣，到头毕竟舍杨妃。归来还上长生殿，梦到仙山泪雨飞！

鹧鸪天·乌兰布通山

战地来游气若虹，秋高云雁共盘空。白烟上下翻今瀑，红叶高低念古烽。　　求统一，扫顽凶，青山做证众心同。无名花草犹知报，托起丛丛血色红。

水调歌头·梦怀李白

泼墨大鹏赋，走笔九天游。俯冲蜀道烟云，将进酒为酬。天姥山中意气，谢朓楼头情味，大雅入歌讴。还似匡庐瀑，明月共清遒。　　蛾眉妒，夜郎路，又何忧？仙人本色，轻觑章绶似蜉蝣。无意名山事业，自爱青锋品节，峭直耻为钩。泰斗千年后，瞻望也风流。

水调歌头·昭君墓边

立地摩云，青冢遨游，结想史编。看苍松翠柏，拥围巾帼；壮词丽句，写照端妍。倩影香溪，凝眉汉室，热溢穹庐紫塞天。几波折，系千秋俎豆，大义昭宣。　　和亲浇灭烽烟。传六秩，牧耕被管弦。羡邦交向善，人心思定；花开驿路，水活商源。今仰丰碑，反观霸道，谁是谁非有

鉴铨。留楷范，愿五洲共济，万众翩跹。

注：此作于2016年7月获全国吟咏昭君诗歌大奖赛一等奖。

满江红·僧格林沁大沽口之战感怀

万炮轰鸣，燃红了，长云千叠。倾仇怨，开花为雨，闪光如雪。外寇自吹豺虎猛，白旗还露驴羊怯。看洋洋，河水向东流，歌雄杰。　　弛海事，曾签约；耽奴性，曾喋血。羡僧王一战，九州腾越。叱咤水师镌信史，承传薪火翻新页。爱国家，精魄耀乾坤，同曦月。

注：此作于2017年8月获僧格林沁“亲王杯”全国诗词联赋三等奖。

【仙吕·一半儿】解愁二首

春风习习旅人前，冰雪融时化细烟。说（是）个有心难逆天。（不是我）话儿玄，一半儿寒舒一半儿卷。

夏阳灿灿又何坚？乍起乌云一角天。看（那）是起风吹半边。（天知道）雨珠连，一半儿浇漓一半儿煎。

【双调·新水令】老村长转悠

禾苗万顷细风梳，看青茵婆娑起舞。歌传新旋律，胸展大宏图。致富情舒，情系这家乡土。

【驻马听】俺是农夫，说话天生不支吾。也为村主，多年办事怕糊涂。此时消闲爱思谋，地头溜达无牵顾。经行处，强身看景双头凑。

【沉醉东风】行路畔，儿童敲鼓。望桥边，老汉游湖。急匆匆燕去来，热扑扑蜂追逐，暑气蒸蝉叫鹈鸪。仰首天高霞卷舒，畅好是开怀无阻。

【折桂令】忆当年百味翻浮，故土贫家，残柳寒乌，饥冻号呼。春初寄望，岁晚伤胪。昼云沉，婴儿待哺。宵梦冷，被絮多枯。苦守茅庐，惨淡情途。仰对天泪滴如珠，俯对地汗滴如珠。

【沽美酒】遇改革，向朝阳，挺头颅。迎喜雨，坦胸脯。更港澳回归神七渡。驾东风，建园区。满世界，上规模。

【太平令】俺祝福，党旗红能破虚浮，政策好德泽如初。多方发展用功夫，合力经营看供需。便是那鱼儿兔雏，还有这奶牛肉猪，订单飞，到千家万户。

【离亭宴带歇拍煞】到现在种田谁循老规矩？探求科学翻新谱。有机器代替耧锄，兴大棚育菜蔬，珍水源计田亩，喷药尘杀病蠹。遇农忙季节，要助手花钱雇。可悲那投机变暴富，人心发怵。那林木茂，愁水污，鸟鱼多，伤网扈，

社情悬，怕政腐。官风不奉廉，生态难保护。俺能不满怀嗔怒？愿一寸心清明，做春光，暖处处。

【中吕·粉蝶儿】征地

背靠山高，山重重不生蓬草，养松榆似诉萧条。看流泉，纤如线。因藏矿脉，招引投标。一时间黑尘扰扰。

【醉春风】风习习南亩麦掀涛，雨霏霏西畴林夹道。有黄河馈水绕村庄，怎不好，好？能牧能耕，为美为饶，尽留歌笑。

【迎仙客】路基开，砑尘飘。雷吼电掣天地摇。水翻污，鸟潜逃。气味腥臊，无奈自伤酬报。

【满庭芳】官方红印，农田片纸，一夕成交。眼见得树叶趋枯焦，干了枝梢。高产地油葵秕壳，长命物野草残苞。谁计较，儿孙辈粮食打漂？五十载扎根人家全保，不抠土自身何靠？便此日数现钱心底可煎熬？

【南越调·黑麻令】贺太原散曲申遗首战告捷

挥斥着霞光电光，趁取着丝簧鼓簧，飘洒到家邦异邦，携带着心香梦香。时代的风窗月窗，生活的岩廊画廊，心灵的鸡汤药汤，就如此年长路长。因为甚故土难离？扎根在诗章乐章。

【南正宫·五色丝】炒！炒！炒！

【白练序】油红烟冒，见俄顷纷纷爆炒来。素连荤，盘碗觥筹交泰。【黄莺儿】畸形怪胎，红紫黄白。鸡毛偏做凤毛哉！吹唇鼓腮，【红芍药】气若万马攒蹄卷尘埃，踹平了良心营寨。【黑麻序】到头来，剩得凄凉难耐，倒塌锅台。

【南南吕·六犯清音另体】累！累！累！

【梁州序】形躯劳碌，心神惊悸，尘世难留余地。青春年少，犹愁困扰成堆。【浣溪沙】窄路罹，险关逼，雨情风势更睢睢。【针线箱】忙得我风车也似难休憩，烦得我蓬草如同自密集。【皂罗袍】生存原理，操劳定规。犁锄攥紧，筹谋放低。年年品不尽辛酸味！【排歌】白头发，皱面皮。烧香祈盼耀门楣。【桂枝香】百姓人家怕浇漓，不可欺！

【南南吕·九回肠】今悟

【解三醒】忆年轻糊涂痴情，对人生忒天真。温风冻雨浑交替，算而今思旧如新。花明春露珠常碎，柳暗秋霜金乍存。红尘事，【三学士】随缘还比青杨絮，终将飞舞一辞根；多情虽似沧江流，难把悲欢诉与人。【急三枪】

虽曳紫，凭怀玉，同操刃。言成败，来去一团云。

【双调·雁儿落带得胜令】端午志感

看龙舟汨罗水上忙，看端午米粽波中觅。看千载江流唱激昂，看九州忠烈歌悲壮　　【带】是无情风雨下潇湘，是有性屈赋吐锋芒。是巍巍爱国如山岳，是耿耿救亡横肺肠。煌煌，好一个给史册留清样；堂堂，好一个给人生谱大章！

【南吕宫·骂玉郎过感皇恩采茶歌】道情

浮游世事如风烟，才收马又扬鞭。悬崖下视冰渊险。壶口窄，蜀道难，天河远。龙虎威连，鸡犬声潜。看苍天，雷滚滚，雨喧喧。来如泼墨，去若吹绵。说居巅，成下野，幻升迁。叹流年，悖情缘。生涯如月几多圆？只是世人迷梦好，当时沉醉若神仙。

【越调·梅花引】义乌小商品赞

南北西东传誉香，春夏秋冬逐日煌。瞧那些闯生活的好儿郎，添精彩的巧姑娘。是依托这明山秀水，才艺风流富一方。

【紫花儿序】传奇模样，传世功夫，出彩行藏。别出心裁是营商杂货，名不虚传是购物天堂。我一任徜徉，恨

不得身躯上插翅膀。只因这满目琳琅，有似那阆苑珍奇，闪耀着梦幻灵光！

【幺】活生生鲁班机心，美佳佳织女才思，真切切诸葛优长。尽多神妙，无不精良。认真参详，过海仙人法宝强。仔细思量，连接着大国担当，凸显出工匠心像。

【秃厮儿】追步周天骏骧，寄情北海鹏扬。中华筑梦齐唱响。这义乌辟途径，傲寰球，奋力图强。

【尾】创新猛进潮流向，市场在个推诚八方。公道在千百次立潮头，质素在百千回固信仰！

注：此作于2018年10月获“诗路义乌”全国诗词曲大赛二等奖。

书室赋

盈盈一湖，十亩荷花，碧琼见底，白蕊无瑕，此水之静处也；苍苍一岭，千阶石洞，燃炬而前，扪壁如瓮，此山之静处也；扰扰一街，蜗居是寄，展卷清神，挥毫纵意，此人之静处也。

吾有书室，两丈见方。一隅即可容身，吾心足慰；满架何其富有，雅室留香。乃节衣缩食，曾于书肆倾囊；集腋成裘，始得珍籍登堂。窃喜储宝之慷慨，也惊度日之忧伤。如书蠹自甘匍匐，不羡龙飞虎跃；乐书香个中流溢，

好在冬短春长。

室雅无妨窄，心平自觉宽。纳须弥于一芥，求至境于大千。而来环视四堵，思接千载，绪挂无边。徜徉书山学海，沉浸圣典佳篇。是以读经若咀稻粱之粹，读史如尝酒醴之芳，读子如汲瓜果之汁，读集似啖鱼鼋之肪。遂知先秦之电光石火，大汉之铁马金枪。魏晋之弦清竹秀，唐宋之兔伏鹰扬。元明之起落，清朝之兴亡。纷来眼底，萦绕情肠。因之倍觉尺幅万里，非独丹青如是；寸心所至，无妨斗室生春。于中卧游南州，闻海岛椰风蕉雨；神驰北漠，看紫塞麦浪松云。梦连东岳，睹蓬莱无尽烟水；怀抱西陲，抚昆仑万仞嶙峋。顿悟河山神秀，字里行间成写照；世相纷纭，古往今来蓄精魂。由是百感沧海横流，身为一粟；韶光不复，隙过无痕。宇宙无穷，光阴只做弹指；春秋相叠，烟雨浑归谁人。

以是怀万古沧桑云壤，无非如此；得一张平静书桌，谈何容易！虫涎鼠齿，败坏图书；水腹火唇，吞没版籍。日寇横行，三名校南迁以留读书种子；精魂不灭，古长城抗战以振报国志气。是先驱抛头洒血，洗百年屈辱；入死出生，创千秋伟绩。俾神州改地换天，使华夏日新月异。赖改革开放，国运复兴；拓路肇基，风骚不替。故而抚今足欣，忆昔当惕。处一室而观天下，望红尘而多神虑。得和谐之露泽，且读且思；仰发展之蓝图，至美至丽！

于是吾深爱书室，为读书扬眉吐气。电灯耀眼，无须孙康映雪；光线通明，何必匡衡凿壁？但法精神不朽，陶然忘机矣。黎明落座，迎一缕阳光，寻文字之空灵；夜晚临窗，望满天星辉，悟生活之真谛。无须自虐，且笑苏秦刺股；待自苦思，当如达摩守寂。唯取适性而为，悠然达意。茶烟袅袅，如缕缕情思；墨香隐隐，似飘飘灵气。常佩古人说论，金石铿锵；亦悦时贤高议，晴岚旖旎。

夫书者，为良师益友，足以导学指路；乃验方灵药，自当医愚涤俗。不啻灯塔照夜，引领心灵之出发；更如钻头探针，带动思想之复苏。求知长志，陶情明理；谋生立业，琢玉采珠。无书或有小绩，有书方展宏图。蜂酿蜜，杂取百花，见得丰获；水穿石，专注一处，在以坚殊。取其所需，得其所书。有声有色，不悔不孤。一介书生，沉溺古今之墨；七尺微命，从容天地之庐。

所幸脑海扬波，托起自驾兰舟；喜在心田种谷，岂容轻狂浊雨？因之握管为文，铺笺写诗，言自己之心声，拓本我之佳句。十载如一日，终见作品付梓；千劳存一念，耻于鱼目钓誉。冒昧成咏，所作终虚；轻薄成说，图名何取。怕充四脚书橱，搁他人东西；莫做一包书囊，无自己意趣。成耶败耶，得大自在为真；高耶低耶，唯真性情而叙。书斋，巢中之巢；功利，囿内之囿。世皆趋功利若骛，吾独以书香为侣也！

祁姓赋

向善人家，天高路广；寻根祁姓，源远流长。十说纷呈，各循所本；三坟幽眇，难察其详。溯宗黄帝，张脉尧王。石祁子祖名为氏，奚大夫邑姓发祥。前瞻少昊祁父诸苗裔，后起回蒙满土各儿郎。

龙盘虎踞，太原拥晋中紫气；凤翥龙游，扶风烁阙下灵光。是为郡望，双立神堂。支脉薪传，承门风之余烈；人丁辐辏，得家道之盛昌。奋身共进，行者无疆。是以冀豫陕甘，洒苦劳之汗水；江浙湘赣，飘收获之丰穰。闯关东，走西口，渡台港，下南洋。血浓于水，心照似阳。四海为家清共月，天涯创业久如乡。

有祖名奚，封邑为姓，辅晋悼公为政，任中军尉有光。自代荐以解狐，称仇非谄；不偏而推祁午，亲子无妨。为国分忧，公忠昭著；唯才是举，尼父称扬。至宋则廷训以武功拜将，加诨“橐驼”，何谓人无才略？坦之乃庐墓食蔬，通灵乌兔，可欣御赐帛粮。过隙流言，蝇点难辱；分津孝道，心田不荒。施虐海陵，平添民瘼；悬壶祁宰，直谏身戕。明清两代，英杰昂藏。祁顺为使，正气满腔。视金缯声伎若鸿毛，德五德有亭为证；体君恩国是如泰岳，知四知无欲则刚。秉忠跃马填沟壑，唯允升堂正宪纲。山阴宝地，祁氏尔光。职衔参政，精骛琳琅。珍藏数万卷，雅号澹生堂。

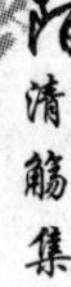

其子彪佳怀故国以沉池水，豸佳做遗民而冷绶章。班孙图谋，无奈僧寮落发；德渊静好，敢教闺阁流芳。三代一门，秉承气节；千秋孤诣，傲岸情肠。刑部折狱，虎门布防。总督祁埙，荣名焕彰。寿阳一脉，三世辉煌。祁韵士等身著述，乾隆朝驰誉绵长。春圃廷枢，多推俊彦；大家文苑，不立门墙。子藊道光，九江力疾；洪杨兵燹，殉职城防。敏斋尚书，衡鉴才德，绝私谒而黜浮说，崇雅言而工翰章。瀚生博学，护学童留美，清风滋宦海；射峰多才，搜古砚闻名，兰竹秀毫芒。修齐治平，为学识之动力；仁义礼智，乃理想之梯航。致中抗倭忠勇，培文惩腐铿锵。祁开智哈佛俊才，精研导弹；祁建华当代仓颉，功冠扫盲。思禹开仁，将星闪耀；祁山祁果，政绩超常。沧江大泽生烟雨，巨壑幽林育栋梁。草根扎地扶花事，柳带牵风曳鸟吭。更有黔首莘莘，劳而无怨；丹心耿耿，慨当以慷。绵绵瓜瓞，传承千载；荦荦珠玦，交映五洋。

是以追踪祁氏，辈出贤良。奉亲笃孝，处世端方。允文允武，戒怠戒狂。推贤垂范，律己克臧。生民百万，事业腾骧。岗位不同，国家至上；精诚相契，华夏呈祥。东西南北路，三百六十行。归海而川流阔，向阳而葵藿康。

诗曰：苦乐人生滋味长，心仪吾祖抱根香。黄陵芳泽千秋路，赤子精神七彩光。立地龙槐谁顶礼？行天雁字我萦肠。中华梦括祁家梦，放眼征程砥自强。

注：此赋系 2015 年应中国诗赋学会“百家姓氏赋”

征文组委会之邀而作，一审通过，入选并获优厚报酬。

黄河水利文化博物馆赋

大河浩荡，造化浑成。山隆青藏，源出雪冰。峡劈三门，百川脉通；天降巨澜，九曲龙腾。跨千仞而不弃珠滴，润万物而不舍清贫。乳我为母，华族表征。黄帝开基，禹王治洪，人水相济，妙合无垠。中华文脉，斯水与融。

谚云：黄河百害，唯富一套。上溯远古，水汇河套古湖，地绝原角恐龙。下及当今，历百险而疏河道，滋天地以济苍生。岩画万屏，长城千里，紫塞铜山，金川麦云，乳香逸野，骏马腾风，大观化成，美名渐盛。忆往昔，秦汉戍而北魏垦，非唯地利；唐劝耕而清疏浚，亦赖人勤。百年地商，开渠拓荒；河神同春，青史彪炳。新中国始，大闸锁蛟，掘总干渠，挖总排干，渠网纵横，诸业繁荣，一首灌溉，亚洲称雄。虽天寒地冻，器简物窘，百族共襄，万民接踵。老茧一把攥乾坤，草履两只驱苦穷。勇哉先民，挽滔滔洪波而从正；智哉前辈，惜涓涓细流以蕴灵。“总干”精神，水利集萃，民之魂魄，族之根本。

癸巳仲夏，鸿馆告竣。吉光片羽，释古诠今。启观者之幽思，励实干之豪情，图万家之兴盛，为政者之衷也。一人一毫，一事一分，绵绵瓜瓞，宿志可成。河流不竭兮，丰饶我家园；德波无垠兮，润泽我百姓。

注：此赋在2014年黄河水利文化博物馆征文中获唯一入选作品奖，镌刻陈列于该馆。

应清水河县文联主席刘海豹先生约请，重拟十五字联为十一字联一副：

常启正，明月澄怀，青山寄志。

敢开来，长风借力，碧水牵情。

注：此联2017年秋镌刻于清水河县老牛坡烈士陵园大门立柱上。

出彩郑州应征长联

居区夏之中也，东瞻凤阙，西瞩禅龛，南分山色，北摄河声，双阶沃壤，温带浓氛，巴士铁龙和银燕携手，加四海荧屏窗口；三千世界常新，若杨椿桐柏，交杂牛筋狗尾，葱茏掩映，乌金蓄矿，矾土藏珍，长卷铺开春绚烂，何止鹰扬鹤企弘气象，始指称物华天宝。

数风流所系焉，立极轩辕，导洪大禹，犒敌弦高，兴邦子产，陈胜揭竿，张良扶汉，少陵居易与玉溪挥毫，契孤光剑胆琴心；二七精魂不朽，同伊汜黄淮，润滋稻穗棉铃，馥郁纷呈，豫剧修文，祖庭精武，宏图铸就梦辉煌，纵曾麦秀黍离谱宫商，难磨灭人杰地灵。

注：此作于2018年4月获出彩郑州全国长联大赛优秀奖。

王永雄

1957年8月生，自少年时期即对旧体诗词产生了深厚的兴趣。高中时开始旧体诗创作，多年来未曾间断。先后出版了《流星集》（该诗集于2010年修订再版）、《唐风》《流星雨》（与人合作）等旧体诗集。部分诗作发表于《内蒙古日报》《草原》《内蒙古诗词》《中华诗词》《鄂尔多斯日报》《鄂尔多斯诗词》等报刊，现为内蒙古作家协会会员、中华诗词学会会员、内蒙古诗词学会会员。

灵　感

昙花一现四周空，灵感飞来闪电同。

昨夜醒时曾偶遇，今朝寻遍不重逢。

枯　柳

枝折香何去？皮开可见心。

已将一片绿，点缀去年春。

野外行

蒿草寻常点缀春，菜花平淡显纯真。

风光本不宜修饰，越是天然越动人。

无　题

月已成牙露已白，桂冠红豆两难摘。

纯情若是随烟逝，倩影如何入梦来？

天马精神应有路，锦花文字岂无才。

银河未见波澜起，万古悠悠不可猜。

家　蚕

家蚕不爱弄风姿，自缚原来为自持。

不把身心交给茧，怎将桑叶变成丝？

梦

白鹭黄鹂伴客歌，鲜花杨柳入诗多。
平生常有春天梦，不向秋风叹逝波。

“安全”牌火柴不着，戏题

三根一并擦，半盒无火烟。
厂家能省料，想是为安全？

无　题

春风花态度，秋月玉精神。
遍访丹青手，难寻梦里人。

日　历

梦里花枝俏万般，醒来霜鬓令人寒。
春风几度明日少，怕近明天不忍翻。

呼啦圈

青城男女舞春天，挽起彩虹任意旋。

天上星辰圆是路，人间何事不能圆？

飞　碟

传奇色彩日斑斓，不搅汪洋便弄山。

天宇浩茫来复去，飞成霸道与疑团。

山上作

寻芳览胜到山峰，异草奇花不染尘。

顶上风光能醉客，悬崖峭壁要留神。

夏　夜

朋友来相聚，酒多话也长。

人因春去老，花为夜来香。

酒自贪时醉，诗从苦处狂。

诸君休问我，请自细思量。

江　河

其　一

百川入海忙，知去不知返。

借问往来云，飘忽有何感？

其　二

江河日夜流，岂为争长短。
澎湃汇汪洋，共把胸襟展。

山　行

崎岖平坦在于心，转换心情路自平。
即有花香呈异彩，更多鸟语谱新声。

白　塔

庄严肃穆骋神思，晨树朝阳尽入诗。
万部华严观世界，千秋棱角正风姿。
白云闲绕山青处，翠鸟勤飞草碧时。
悦目不分春与夏，赏心无论早和迟。

经马嵬坡吊杨贵妃

为君起舞为君歌，奉献多时罪亦多。
花上露珠疑是泪，至今犹恨马嵬坡。

酒　窝

玉颜消瘦苦奔波，遍访名师做酒窝。

窝大居然能贮酒，刀痕添得泪痕多。

草　原

草原春色古来迟，风雪有情总不知。

风大未尝吹散梦，雪深犹可酿成诗。

雨中红玫瑰

血痕点点泪痕长，为爱春天总带伤。

天下玫瑰都有刺，有谁因此不闻香？

唐　音

大漠歌残六月春，崇山吟醉九秋云。

天荒地老情犹炽，梦绕魂牵是此音。

黄河壶口瀑布

惊看云旋入水深，又听雷吼破天门。

九重气势千山退，万里风涛一口吞。

路　上

左右香分一路心，高低枝绽九州春。

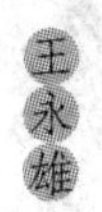

芳姿欲待闲来赏，无奈春风不等人！

绕

莫抢行新道，新道须知道。
莫嫌老路弯，该绕还须绕。

见残疾者手脚并用艰难行走

大道心能筑，平生梦要圆。
看君磨蹭去，忽愧此身全。

悼　蜂

秋老应疲惫，春归或醒来？
生为花上客，死不堕尘埃。

情　景

张三说：“水浅。”李四喊：“鱼多！”
便见钱孙赵，相随跳大河。

百　川

众声呜咽诉辛酸，忍见鱼虾苦百川？
西叹源头东叹海，变浊容易变清难。

少年、老年

细看老年人，少年觉可笑。
反身即老年，转又笑年少。

春

小院风轻梦显然，幽居听得百花还。
催春鸟立新枝上，一夜啼香十里山。

四　时

冷风吹罢热风吹，春夏秋冬误过谁。
白草尽时青草见，暑寒天气又轮回。

水

上可为云雾，下能成海洋。
转折随地势，适应任沟塘。
器圆我便圆，器方我便方。
百变无妨碍，十分有主张。

十　渡

碧水流如玉，绿风吹尽愁。
三春游不够，更做九秋游。

红叶开心药，白云载梦舟。

重阳尤可醉，仙客岂难留。

棉　花

万紫千红愧见她，一朝零落共泥沙。

贫寒富贵谁能忘，第一温馨是此花。

游十三陵

山河属我，天下为君。

骨已成灰，意犹未尽。

未来机器人

花言巧语美如春，足智多谋似有神。

你让南行他向北，恨由人造不由人！

街边食客

也知马路脏，谁不爱干净。

首选价钱低，可怜穷百姓。

过坟区

悲欢世界暑寒天，忙去忙来多少年？
黄土一堆人事尽，此间终可放心眠。

登大青山望昭君墓

春风吹秀大青山，下有喷香土默川。
胡汉亲情千古续，昭君美誉五洲传。

南浦洞仙歌

点绛唇时乌夜啼，贺新郎处阮郎归。
长相思为三台柳，永遇乐因一剪梅。
菩萨蛮歌如梦令，渔家傲举尉迟杯。
南乡子赋昭君怨，虞美人愁霜叶飞。

村　姑

夏露秋霜早晚霞，何须脂粉到农家。
葵花笑脸相迎处，玉米高粱簇拥她。

小　猫

抓耳挠腮稚气多，跃身每欲逮蝇蛾。

“安眠”莫信呼噜响，不是打鼾是唱歌。

丽人行

云霞灿烂妆南北，桃李芬芳山又水。
若问游人意若何？赏春更为增春美。

山野之人

歌诗新境界，花鸟旧情怀。
独醉春山上，风来月也来。

草　色

草色变春秋，天光轮日月。
悲欢各有因，生死无交界。

古　剑

青龙看似闲，白虎时长啸。
寒气九秋凝，森然鸣古调。

无　题

功夫寻捷径，品位赶时髦。
遂使一流剑，忙成二把刀。

苏曼殊

一

三十无家未足悲，萍踪休问几时回。
红颜喜有肥女子，四百来斤玉一堆。

二

远上崇山见我佛，近青天处得春多。
风流不入时人眼，可笑谁知或可歌。

无　题

乘春心愿海天明，携手山川烂漫行。
碧草十分怜古道，白云一片是诗情。

无　题

千古诗缘解不开，山河闲煞杜陵才。
沧桑变尽天依旧，几朵白云自去来。

乌江亭

擎天一柱倒难扶，万丈光芒化作无。
浪涌乌江豪气散，英雄能死不能输？

古人

闲做云天梦，静听山水歌。
观星逢织女，赏月见嫦娥。

无题

为客常蒙万古尘，比山松柏老三分。
寻诗走到江山外，访鬼敲开地狱门。

秋思

日午秋霜晒不干，书窗几个十年寒？
通今博古从来有，取义行仁实在难。

故乡

心静思远古，笔酣蘸彩云。
谁行芳草地？我是牧羊人。

独坐

独坐何妨岁月长，安然都是好时光。
十年以后应回首，枯木寒秋又泛香。

归

何处心无染？此时梦当真。

沙鸡鸣野雀，来会牧羊人。

又

不见烟尘起，但闻泥土香。

白云随我意，碧草散牛羊。

神　游

朝云暮雨掩巍峨，经过巫山不可说。

美酒频干春怎样？华灯初上夜如何？

貂蝉西子名声远，伊甸桃源陷阱多。

白雪阳春歌太苦，草原听惯牧羊歌。

访京西黄叶村

不见前人不动心，皇天后土驻诗魂。

鸟飞南苑秋声苦，日落西山夜气沉。

一部红楼惊世代，九重明月照乾坤。

三间老舍青砖瓦，千古奇文黄叶村。

猎手

猎手天生手段高，巧夺从不用弓刀。
江心揽得千明月，天外凤凰拔尽毛。

杨柳枝

想山高远看山清，鸟唱风吹仔细听。
一叶落知秋意思，百花开见梦情形。

悼

去年落叶成泥土，昨夜南邻今作古。
看到人生一梦长，争天夺地真何苦。

无题

思君碧海又青山，梦里音容画也难。
偶做神仙为领队，自成春色是奇观。

咏项羽

王侯奴隶两无关，毕竟回头比死难。
一副汗颜无地入，万双白眼刺人寒。

代人作

喜交人海新朋友，情谊愿如天地久。

单手伸来双手接，几时握手成牵手？

南　柯

故乡东西皆有茂盛之芨芨草及各种野花，乡人张某出示诗作于余，内有“山随枫叶好，雨落玉门关”句，余甚赏之，觉而成一律云：

人到开心处，春归大草原。

山随枫叶好，雨落玉门关。

古调千秋在，唐风万里传。

诗坛仍待我，不觉朔云寒。

临江仙·登长城咏史

千古神州传不尽，文明仁义之邦。尊卑上下界如墙，钱多能买笑，权大可称王。　　万里长城龙虎气，登临无限风光。金戈铁马慨而慷。人间迷正道，天地又沧桑。

民　心

民心如水少波澜，也有狂涛与险滩。

江海敢如平地踩，再高能耐也翻船。

咏汉高祖

一

十万贺钱未必空，当时情况岂宜穷。
大风歌里千秋事，龙驻龙游泗水亭。

二

懦夫豪杰莫区分，无赖英雄本一身。
刚若山峰柔若水，怎教天下属别人。

秦始皇帝

安排日月走西东，整顿乾坤第一龙。
只为自家修宝殿，不分昼夜筑长城。
贪心怎见阿房火，壮士还歌易水风。
无力载舟天问你：哪堪鞭血满江红！

赠恩师贾漫先生

春风雨露信无私，北斗泰山仰自知。
松柏精神雷隐处，凤麟踪迹月明时。
常因天意歌新曲，不负“人间要好诗”。
铁干铜根香四溢，参天古木秀春枝。

人　家

山乡风物好，鱼米鸟花全。
春意三棵树，秋光半亩田。

古长安

逸气天才访旧踪，秦川吹过汉唐风。
诗国莫道无雷响，泾渭奔流做此声。

十　渡

宴客葡萄酒，醉心鱼米乡。
河声多雅乐，山色总新妆。
风抹云霞美，雨滋花草香。
已然居宝地，何必问天堂。

无　题

惊见星沉北，愁观水向东。
酒须开盖醉，花要动心红。
明月圆时短，清辉远处同。
佳人能再见，好事不重逢。
起舞牵君手，抚琴奏古风。

先呈一片意，更续百年情。

个　性

大道无形任意飞，巧思常有梦相随。
溪流鸟唱无同调，李杜苏辛问像谁？

十渡·西河

低飞莺燕唱青山，上有白云背景蓝。
一曲西河千古乐，瑶琴自响不须弹。

打　工

触动灵魂一百天，始知福乐是清闲。
端详摩挲唯辛苦，双手掂量血汗钱。

寻　思

人心可鉴，天意难猜。
花开不语，春为谁来？

春　牧

风暖花开早，草香日落迟。

羊群如我意，左右散成诗。

梦

山水千重东复西，烟云一片望迷离。
人间天上谁知道，梦里花前转自疑。

朝　霞

出夜送来好景观，看花开上海云端。
赴汤蹈火千千次，只当平时上下班。

远　山

远山深矣客如何，陋室悄然艳遇多。
野菜尽飘鱼肉味，姑娘名字叫田螺。

节　日

节日风光满眼新，长街短巷斗精神。
迷人香美连成片，十万盆花摆个春。

咏　史

无勇无谋路自封，有钱有势任横行。

山高水险风霜恶，总是平民遇不平。

连　城

镶金嵌玉竞辉煌，千里楼台万众忙。

今古奇观天下叹：秦王应愧有阿房。

读杜甫《武侯庙》

茅舍春风暖，田园禾黍香。

可怜天下乱，不许卧南阳。

清　水

清水思何远，明霞触处无。

山中闲翡翠，海底卧珍珠。

十　渡

悠扬一曲起朦胧，北客南商西复东。

仙子楼台歌子夜，晚春杨柳舞春风。

山河星月知难老，诗赋文章惜太空。

天上人间千万好，不如美意此间浓。

某君作品获奖，因赠之

好事虽然小，其中意义多。
看来腰下剑，不枉十年磨。

经某小学，见学生过“六一”儿童节，忆及儿时情景，遂有诗曰

下乐春光上乐天，儿童三十几年前。
鸟虫泥土玩终日，不识人生有苦甜。

又

少年心事少年知，赶赴学堂不肯迟。
蹦跳归来无限乐，双亲喜我背书时。

忆　旧

春日春难觅，草原草不生。
羸羊扑饲料，倒地目如灯。

又

夜梦及时雨，日愁遍地沙。
风沙天地暗，望不见邻家。

山　中

云霞门内外，灯火自星辰。
月照青苔古，风堆落叶深。
山鬼何其美，人言未必真。
春秋无小大，此亦一乾坤。

因梦戏作

大盗朝骑虎，小偷夜炖鸡。
相逢同叫骂：“不是好东西！”

秋　日

雨凝白露早为霜，风起阴山叶落忙。
对此引发新意绪，请谁留住好时光？
两万首诗嫌太少，三十年梦喜非常。
凌晨听得齐天乐，一曲唐音唤艳阳。

情　景

清水河边污水流，红楼以外是危楼。
清红只爱关心“我”，污水危楼各自愁。

自　励

大道行来不计年，群山风雨远连天。
雄关未破终须破，好梦难圆一定圆。

天外之音

听海啸波翻雷喊，见地动山摇路断。
走千难万险不停，问九死一生谁敢？

早　行

远地应难忘，童心不可违。
朝阳红烂漫，秋草碧芳菲。
花笑因含露，鸟鸣有画眉。
彩毫宜渲染，诗意正淋漓。

欲　望

富贵荣华千百年，人人都想做神仙。
仙乡不是寻常路，地狱天堂一步间。

棋盘井

杭盖西行路渐宽，鄂旗乌海两茫然。

神仙对弈棋盘井，天地相连桌子山。
劲草常铺千里碧，晴空不是一般蓝。
七〇年代心头画，今日重描实在难。

经　验

功劳积善念，快乐配良方。
酣睡调心脑，少食保胃肠。

拟宫词

其　一

十万崇山泪不干，三千少女入长安。
青春祭做君王菜，魂魄犹难返故园。

其　二

春色春香每自怜，秋风秋雨褪红颜。
宫墙高入云天外，黄叶频飞到眼前。

餐馆用餐

心惊肉跳几时休，耳目胃肠一起愁。
犹豫再三难下箸，依稀似见地沟油！

汽车，汽车

总比蜗牛慢，常如蚂蚁多。
汽油喝不够，马路是其窝。
乌浊排昼夜，事故惹风波。
大道吃田地，噪音伤耳膜。

流星雨

飞今飞古万千颗，生火生光做雨多。
火旺似将烧夜幕，雨勤直欲洗天河。

凌　晨

三千年里国，一路起烟尘。
帝业空天下，刀光暗古今。
西风燕义士，醉态楚狂人。
鸡唱惊星斗，神州山水新。

依岚

1967年生，网络诗词写手。常用网名素袂含香、霞光依岚、阿娅然等。中华诗词学会会员，内蒙古诗词学会会员。诗词作品散见《中华诗词》《上海诗词》等刊物。大学本科，副研，现供职于某科研院所。

爱女冬夜弹筝

低眉浅含笑，有梦指间萦。

寒意留窗外，春风弦上行。

飞机上读纸质书自嘲

久做低头族，南斋一案尘。

今于碧霄上，客串读书人。

缆车过红召九龙湾

恍若过瑶台，绿云仙手裁。

精灵应不识，我自俗尘来。

观　云

碧空行白马，须臾幻成鳞。

聚散由风定，逍遥未必真。

塞外严冬惊见绿苔

三九寒风紧，枯丛隐绿苔。

茸茸本无骨，豪气自何来？

用面包机煮粥戏题

看似为求新，实则不靠谱。

香醇粥味浓，还待光阴煮。

秋

寒烟凝古道，荒草漫何方？

秋雁回眸久，西风空感伤。

闻故宫博物院失窃案破获结果

听此荒唐事，匹夫忧虑多。

小贼轻得手，大盗又如何？

卓资山大榆树

叶茂枝繁五百年，沧桑古道看云烟。

春来每欲均贫富，撒向人间亿万钱。

老　宅

小巷幽深记忆长，青砖黛瓦印沧桑。

繁华本是轮回事，檐下盆花岁岁香。

云翔寺惊见蜡梅初绽

一路徐行伴夕阳，余晖人影两悠长。
愕然见你姿疏瘦，候我清风古寺旁。

闲　趣

山脚安营便是家，炊烟缕缕入流霞。
呼朋快取甘泉水，好就清风煮野茶。

过栖霞牟氏庄园

道是繁华一梦空，那时情景此时风。
回眸多少兴衰事，遗落斜阳小巷中。

蛮汉山中遇雏菊

或许前生我是她，今生偏爱紫衣纱。
相逢雨后山林道，恍若光阴浮梦槎。

网上遇老同学

记忆闸门疑错开，书声于耳落尘埃。
那些糗事融亲切，再约青春入梦来。

牡丹落

繁华如幻太匆匆，谁解枝头寂寞红。
五月转身成一梦，可留馥郁在风中？

小女初识彩绘书

抓来五彩细端详，不识灰狼与小羊。
嬉笑团撕欣入口，从今腹内有书香。

母亲节

最美人间五月花，春晖雨露润枝丫。
方知幸福原如此，我是娘亲我是娃。

蜘　蛛

经纶满腹玉丝长，织罢晨风织暮阳。
莫道不闻天下事，椽边墙角看炎凉。

秋日遛狗偶得

又是霜侵小院东，光阴澄滤绿兼红。
撒欢萌犬戏黄叶，闯入深秋画卷中。

笑看爱女习画

运笔凝神小画童，调颜着色乐其中。
惊观小脸失声笑，紫粉黄橙蓝绿红。

五瓣丁香

半百人生苦乐尝，从来逆顺是寻常。
枝前偏许千般愿，幸运花开五瓣香。

过广岛和平公园

残垣触目痛如何，因果由来诚琢磨。
今我来兮唯祈愿，烟云化作和平鸽。

父亲节思父

晨来楼外雨，沥沥断人肠。
明德留心底，诲言鸣耳旁。
冰魂遗骏骨，励我傲严霜。
最爱堂前坐，清风盈墨香。

游乌素图村

故地总魂牵，重游恰一年。

烟融青草径，雨漫杏花天。
皲土犹藏梦？清流莫问渊。
古榆应识我，风里舞翩翩。

重阳出游

悠然行塞外，浅笑沐秋阳。
悦目缤纷色，开怀琥珀光。
菊香盈此处，惬意寄何方。
许个平安愿，临风再举觞。

闲　吟

回首潸然无所成，鬓间华发渐分明。
方惊林夕风中老，不觉秋心月下生。
副副皮囊囊俗念，张张罗网网哀情。
何如垂钓南溪畔，思共流云水面行。

诗友小聚

闹市何人觅竹林，清风入梦动诗心。
思游物外容浮想，韵漫杯中待细斟。
菊自含香香浅浅，我犹陶醉醉深深。
纵然岁月难随愿，还借秋光惬意吟。

步韵和滑国璋老师

得磨跎处且磨跎，岁月添香香若何?
墨韵悠悠情未减，梅风澹澹梦偏多。
静观秋水思庄子，聊对时风诵达摩。
谁道古稀人已老，东西流水任君诃。

新春遥寄朱成德老师

唱和经年韵更悠，行吟思共碧云流。
江南风淡浮光暖，塞北雪莹嘉气稠。
学博心斋光熠熠，德馨诗苑绿油油。
新春处处藏新意，健笔疏怀不写愁。

民办教师

回眸岁月叹流光，粉末堆成两鬓霜。
篱外青苗盈墨色，窗前晓月染书香。
荷锄只为三分地，从教不因五斗粮。
点亮村娃心底梦，缤纷世界任翱翔。

步韵和阎克敏老师

诗风过处即仙都，锦羽霜翎次第呼。

歌绕清樽多逸士，韵传短信少庸奴。
期花化雨染吟袖，酿月凝香藏玉壶。
渐老光阴何足叹，心情七彩漫相涂。

步韵和石良先老师

纳令悠波弄素琴，秋风过处起清音。
辉腾梁上流云意，平仄句中明月心。
隔断烽烟犹望古，铺开画卷尚怀今。
光阴见证人间事，不过几回浮与沉。

QQ 农场

谁于网上事农桑？人影依稀灯影长。
偷菜每夸身手健，点瓜偶叹背腰僵。
常于子夜行阡陌，已惯凌晨别梦乡。
同道相逢唯一笑，神仙境里远炎凉。

新　年

回眸恰是北风寒，盘点心情又一年。
懒对流光温旧梦？聊将思绪入新篇。
神驹皎皎行云外，飞雪盈盈落鬓边。
前路任它平仄仄，放歌依旧艳阳天。

一剪梅·立春

何处觅新春，但见枝头着雪痕。点点晶莹藏个梦，心底三分，眼底三分。　天地净无尘，季节于今欲转身。待那花儿开次第。人也精神，诗也精神。

虞美人·立冬

流光无语由他去，一笑迎时序。每于冬日梦芸芸，梦到梅花开处雪飘裙。　吟哦韵寄风之侧，寒水凝香墨。此时天地净无尘，谁执冰凌云际写天真。

相思引　·立冬

懒问光阴谁负谁，春秋脚步漫相催。一年又是，雨雪两霏霏。　曾对东君轻许愿，岂因霜冷梦成灰？邀冬畅饮，一笑我干杯。

减字木兰花·广玉兰花

不言因果，曾是瑶池莲一朵。记忆边缘，有片流云任挂牵。　红尘浅笑，墨绿丛中添俊俏。澹澹心情，漫向枝头一梦轻。

卜算子·格桑花

秋来塞草黄，谁撷青春梦。漫野缤纷迎暮雨，再把心弦弄。　　八月意朦胧，八瓣情思动，香蘸新霜寄远方，倩那风儿送 。

虞美人·丁香

怡然独赏幽林秀，枝下凝眸久。星星嫩蕊结芳心，淡淡清香知是待谁吟？　　分明思绪参差缀，不叫风揉碎。倩谁横笛紫云边。留那些些旧梦在眉间。

南乡子·清明

回忆聚心头，几度徘徊几许愁。竹苑清风应识我，春秋。有我情思此际留。　　珠泪漾酸眸，此刻教它恣意流。欲借缕烟传万语，柔柔。话到唇边又噎喉。

南歌子·戏赠在校图书馆当义工的女儿

静坐时光外，悠怀淑气融。偷闲且做小书虫，一卷捧来自是乐无穷。　　读者台前唤，痴人耳畔风，恍然回首意朦胧。嗔那墨香留我醉其中。

清平乐·访玉龙雪山

雨雾天访玉龙雪山，从海拔3356米坐缆车到海拔高度4506米处时，又遇飞雪，步行至目前游人能到达的最高点——海拔4680米处，雪仍未停，欲离开时，突云开雪霁，心有感慨，小词以记。

长阶雾锁，你在何方卧？徐步轻吟风相和。谁隔白云窥我？　　恍若一梦千年，神鹰衔走寒烟。仰首怡然一笑，方知聚散随缘。

浪淘沙令·小石林访“阿诗玛”

石柱倚苍天，小径蜿蜒。我随故事到从前，任那往来南北客，笑语喧喧。　　默默数流年，风淡云闲。马铃声没哪重山？再向沧桑寻倩影，懂你无言。

忆江南·邂逅睡莲

风抚过，雨后小清新。一朵真纯谁世界？几分恬淡我前身？相视两无尘。

卜算子·小女参加全国中学生物理竞赛

每叹妙无穷，此趣需神会。万物原来皆有理，乐在分

泾渭。　　胜负不关心，唯愿心无愧。九月金风果自成，漫品其中味。

鹧鸪天·盘山脚下农家饭

黄浅红深侵碧萝，农家小院傍山坡。敲棋树下蓬头仔，迎客门前鹤发婆。　　花椒叶，野山蘑。旱瓜新摘面新磨。开坛老酒邻家酿，畅饮三杯好放歌。

虞美人·希拉穆伦河漂流

晨风飒飒翻寒浪，试桨情高涨。右摇左舞这番忙，恼那船儿依旧水中央。　　喧声渐远心初静，漾漾轻云影。玉波且卧听潺潺，偶有芦花飞落在身边 。

临江仙·访杜甫草堂

信步浣花溪畔，竹风幽径初凉。柴门虚掩一阶霜，主人今在否，绕舍有诗香。　　春夜曾聆喜雨，秋风茅屋神伤。疮痍当世痛临江，狂澜生笔下，天地写苍茫。

减字木兰花·满都海公园遇荷

池边邂逅，疑入江南逢故旧。绿盖田田，不见伊人歌采莲。　　清秋塞北，映水幽姿谁媲美？入小词兮，任是无题或有题。

祝英台近·网络诗友

键轻敲，情遥递，四海屏前聚。倦客幽人，网络随缘遇。“E”路无限风光，轻舟乘兴，有人送，诗风一缕。沐花雨，那曲流水高山，琴心凭谁叙？红袖青衫，桃源唱吟去。莫笑柯烂人痴，无才咏絮，却偏向，云间索句。

后庭花破子·漫步热带雨林

我自何方来？红尘千里埃。意向溪边净，诗从云外裁。履青苔，竹桥深处，绿风化不开。

减字木兰花·武川赏油菜花

高寒山地，盛夏花开何绮丽。谁蘸阳光，绘出无垠黄海洋。　　清风似我，吻过芳菲情正可。借缕香魂，记忆摊开梦尚温。

浣溪沙·又见杏花

塞上寻春路万千，谁裁一片锦云笺。待题新句两无言。

巧笑融香酥雨后，心情似这杏花天。风儿一缕梦之边。

浣溪沙·落花吟

笑靥曾经映大千，留香记忆在诗笺。尘封故事不须言。
零落终归尘与土，心儿依旧系青天。轮回之趣本无边。

浣溪沙·再吟落花

昨日盈盈韵万千，明光点染紫霞笺。欲吟心绪与谁言？
今叹风行枝渐瘦，一川烟雨葬花天。清香萦我鬓之边。

浣溪沙·走过五月

又伴青春行一程，花开花落恁多情。光阴对我笑盈盈。
履过韶华歌逝水，心声或可和涛声，梦儿依旧是年轻。

浣溪沙·又是青年节

五月鲜花烟雨中，风光似与少时同，青春小鸟去无踪？
拾梦人儿因梦在，吟春句里正春浓，光阴如水任西东。

鹧鸪天·女儿童年趣事

小手嘟圆彩线虚，歪歪扭扭画身躯。添些鳞片加双眼，泡泡萦腮似自娱。　　风淡淡，柳徐徐。恰逢雨后水成渠。欣挥纸片咿呀语：“我给猫猫种小鱼。”

清平乐·题图

那年池畔，绿盖出清婉。照水纤姿香欲展，萦惹蜓儿款款。　　今日何处幽栖？苦心结个无题。最怕故人相对，一眸往事迷离。

南乡子·水仙

二九南窗，断续风声又夕阳。纵少寒梅邀白雪，何妨，玉蕊清枝梦未央。　　静对流光，出水冰魂逸韵长。休问此情谁共我，沧桑，浮世平添一段香。

减字木兰花·雷锋叔叔

阳光暖暖，三月含情风款款。五秩春秋，老却光阴故事留。　　螺钉一点，印在心中光未减。日记微黄，热泪当年落哪行？

庆春时·立春

芳心可可，婆娑诗绪，寄向梅风。回眸几许，流年故

事，吟得意浓浓。　寒潮来罢，春讯依旧朦胧？平川酽冷，冰河未醒，藏梦素枝东。

占春芳·女儿二十一岁

心隽爽，天晴好，放眼满庭芳。掬起神泉瑶水，撷来七彩祥光。　美意寄何方？恰江南，丹桂飘香。畅然藏梦书声起，常沐春阳。

少年游·与老同学登山

欣沿雪径向山林，风在耳边吟。白桦凝眸，青松含翠。幽处梦堪寻。　荏苒流光犹静好，岁月亦情深。满面阳光，几行足印，依旧少年心。

山花子·忆网络学诗

岁月行行着梦痕。那些清夜那些人，每忆键敲平仄仄，醉冰轮。　隔断天涯人未远，相逢网海韵犹醇。一缕唐风携宋雨，净无尘。

捣练子·秋绪

寒草瘦，玉珠清，归雁依稀云外鸣。碧水晴空呈素卷，

问谁执笔写秋情？

忆江南·九月菊

谁与我，邂逅在金秋。宿雨有知芳有寄，琼珠何熠蕊何柔。风澹两无求。

菩萨蛮·胡杨

千年默默经寒暑，黄龙惯向深秋舞。思绪越千年，荣枯一念间。　　光阴犹未去，情向荒丘聚。纵剩骨嶙峋，梦儿依旧真。

减字木兰花·用直古镇

吴宫桐影，是处空余青石径。记忆悠长，嵌入斑斑黛瓦墙。　　古桥秋水，故事道来声娓娓。共我听兮，驳岸轻舟枕绿漪。

浣溪沙·秋原闲吟

旷野怡然踏露行，秋虫共我听风声，云浓云淡晒心情。

碧毯流馨谁染就？轻烟若幻梦拼成。且吟且醉度平生。

喝火令·红玫瑰

眼底葱葱叶，风中淡淡馨。一枝于手露盈盈。多少宿

缘天意。常在此间凝。　　定是心头血，殷殷色染成。这般娇艳为谁倾？共我痴迷，共我忆曾经，共我几回吟唱，唱老那深情。

虞美人·紫玫瑰

幽幽子夜凭虚客，一抹丁香色。嫣然浅笑自含情，何处传来那曲曼铃。　　清怀未许随云去，意向枝头聚。几回因你动诗心，惹得芬芳阵阵上衣襟。

行香子·黄玫瑰

一缕清风，一抹芬芳，个中情愫任她藏。撷来月色，揉碎星光。共这般姿，这般韵，这般香。　　韶华与你，些些淡定，你将心绪沐朝阳。神兮旷远，意也悠长。恰思无尽，人无语，梦无疆。

鹧鸪天·白玫瑰

笑靥从容香可人，素衣款款过芳春。沉凝佳境远虚幻，抖落浮华现本真。　　玉做骨，雪为魂。因她天地净无尘。倾心那束清纯色，常置床头做近邻。

清平乐·滑国璋老师梅花图

苍枝独好，月淡风清皎。谁点丹葩香袅袅，不信光阴

渐老。　　回首邀约春天，眸间一抹轻寒。待到百花零乱，依然鹤梦翩跹。

清平乐·题女儿摄影组图《花季》

东君信步，识得芳菲路。次第英蕤何楚楚，入我镜头无数。　　那簇浅笑含香，这枝一梦悠长。纵是经风经雨，情融七彩阳光。

鹧鸪天·小女寄五十朵香槟玫瑰为父贺寿

信是流光迹可寻，一枝一朵系情深。藏于眼角男儿泪，寄自江南孝女心。　　大世界，小千金。长成更晓惜清阴。芳菲遥递千千愿，缕缕香风拂满襟。

减字木兰花·五十初度

笑吹蜡烛，天命之谜谁可卜？回望青春，看我犹如看故人。　　年轮何似？隐入树心真避世？检点时光，今日花留昨日香。

卜算子·悼拾荒助学的韦思浩老师

不以虚言侵，不以悲吟挽。纵是讴歌和泪叠，能了他之愿。　　无语意如何，默送蓬山远。且约清风共读之，爱煞书声漫。

临江仙·游蓬莱

宝地从来多故事，相随一路怡然。登临看浪涌微澜。瀛洲何在，海上有轻烟。　　寻常日子寻常度，笑他苦觅灵丹。开心咱也是神仙，闲吟信步，人在水云间。

减字木兰花·悼汪国真先生

怅然良久，记忆而今飘落否？岁月诗章，你在青春那一行。　　漫天花雨，伴送先生何处去？我咏新歌，彼岸行吟犹踏莎。

西江月·读乙兄《红楼十岁我奔五》有赋

我本红楼过客，来来去去随缘。跻身网海这些年，什么让心温暖？　　几度临屏唱和，几回沉醉佳篇，几多往事记从前，几许情怀悠远。

注：红楼为网络诗友论坛。

抛毬乐·留守儿童

柴米油盐酱醋茶，瓢盆锅碗我当家。惯将孤影对孤月，

遥望长空思爸妈：又是沉沉夜，梦里能来吻我吗？

南乡子·一页

一页翻开，我共光阴写未来。一页轻轻翻过去。猜猜，哪朵花儿梦里栽？　　岁月安排，岁月应知我不才。秃笔且书些许意。寒斋，心底阳光最惬怀。

生查子·闻佛山小悦悦去世

曾为你牵心，恸送你离去。十月起悲风，云向心头聚。

天堂路宽宽，没有车轮惧。长夜几颗星，是你新玩具。

南歌子·重阳

秋水悄然逝，秋心未必愁。黄橙红紫漫山流，一鹤凌空云影共悠悠。　　我约清风往，谁将美酒留？登高一醉放歌喉，淡淡菊香伴我复何求。

定风波·闻屠呦呦教授获“拉斯克奖”有感学术界某些怪现象

教授三无自不同，隔洋花绽一枝红。谁道青蒿真无价，神话？生灵百万笑从容。　　院士头衔凭甚许？无语。抄袭频现那门中。学术论文随手造，真妙。浮云神马任西东。

菩萨蛮·挽贾振国先生

樽前曾识真豪逸，如今尽已成追忆？似有雨潺潺，季春风亦寒。　　浮生皆过客，莫道仙凡隔。吟寄凤凰城，期君唱和声。

玉蝴蝶·春近

零零飞雪无聊，檐下冰似消。一望水迢迢，春过第几桥？　　江南风弄笛，吹绿柳眉梢。谁唱旧歌谣，举杯花有邀。

减字木兰花·观看舞剧《草原英雄小姐妹》

那些记忆，又被舞姿重唤起。谁的童年，没有英雄魂梦牵？　　而今每叹，这份情怀行渐远。此际凝眸，别样英姿心底留。

虞美人·闻女儿在上海科技馆做志愿者

那身马夹真神气，有梦藏心底。童年奇想或成真，变个蜘蛛侠女做超人。　　象牙塔外风光好，雨润纤纤草。水融江海意如何，激起心潭深处几重波？

注：女儿儿时受电影《蜘蛛侠》影响，曾四处寻找蜘

蛛，希望能被它咬一口后拥有超人能力。此次她做志愿者正巧被分到蜘蛛斤。

撷芳词·戊戌贺岁

身犹健，风微暖，一元新始樽须满。浮新酿，思过往。更祈明天，路宽心旷，畅，畅，畅。　千千愿，纷纷献，恰当窗外烟花灿。心晴朗，梦晴朗，忠犬携来，粲然辰象，旺，旺，旺。

行香子·谒李清照纪念堂

云影优游，风语轻柔。泉声伴，小径通幽。易安何在？墨韵香悠。共几回吟，几番梦，几多愁。　深深庭院，空空芳阁。那人儿，可上兰舟？恍然如是，容我回眸，忆西楼月，梧桐雨，玉篁秋。

苏幕遮·青春

燕初来，人薄暮？白发新生，鱼尾纹无数。计较粮油盐与醋。叹那芳华，飘向无言处。　绽新枝，催老树。今又临风，任梦翩翩舞。咱的青春咱做主，令这年轮，删几多寒暑。

八拍蛮·无题

本是远山一片霞，松涛相伴乐无涯。偶向幽潭留倩影，时人误认水中花。

南歌子·母亲和我

故事柔声送，清风小扇传。银河雪浪涌三千，明月繁星知我，梦儿甜。　　寸草经冬夏，春晖伴暑寒。当年幼女已中年。犹爱老妈膝下，讨钟怜。

踏莎行·这个春天

这个春天，东君做作。铁青面孔云间坐，一川荒寂锁冰河，狂沙漫卷东风恶。　　玩罢深沉，又装冷漠。真将花讯藏空阁？晨来呵手看寒枝，新芽沾雪青初破。

鹧鸪天·严冬绽放的无名小花

管那东君来不来，临寒一笑我先开，纵无香雾怡人醉，总有清新绕粉腮。　　风呜咽，雪徘徊。凝眸空对玉皑皑，临窗心事无人解，雀在闲枝莫乱猜。

浣溪沙·驴行小纪

一路欢歌一径花，欣留笑语挂枝丫。轻囊悠杖走天涯。

山水叠来些许梦，心儿系向那流霞。多情风送柳丝斜。

忆秦娥·小试单板滑雪

冬寂寂，飞霜初把心尘浥。心尘浥，悠踏玉径，去登寒壁。　　背坡轻展双飞翼，冲开琼海追风去。追风去，白云来否？共享闲逸。

喝火令·冬趣

耸杌裁云叶，琼花绽几丛，恍然身在水晶宫。相伴细泉幽曲，清气有无中。　　塑个银罗汉，心宽体自丰。细眯双眼鼻尖红。笑问寒梅，笑问涧边松，笑问漫天飞雪，哪日带春风？

鹧鸪天·戏赠女儿

古怪精灵一小丫，年方豆蔻绽芳华。诗书动漫跆拳道，剪纸秦筝样样佳。　　大眼镜，小钢牙，酒窝旋处靥如花。身长一米六零整，倒了油瓶喊爸妈。

鹧鸪天·六一走笔

记忆幻成蒙太奇，恍然回到小丘西。沙翻细浪一川笑，脸若花猫两手泥。　　塑宫殿，插旌旗。野花新饰发披披。与风说个悄悄话，借朵流霞织锦衣。

鹧鸪天·初雪后赴杀虎口

高速已封小道通，乡间泥泞涩行踪。开窗幸有清新气，沁肺怡神好个冬。　　边塞雪，西口风。远山近树两朦胧，风光岁岁犹相似。岁岁风光大不同。

鹧鸪天·家有百合初绽

脊土深秋旧瓦盆，橙云几朵出尘氛。蕊丝熠熠平添彩，皎靥娟娟绝胜春。　风霜影，岁华痕，落英窗外任纷纷。何需幽谷藏清趣，香冷西斋一味醇。

好时光·小女二十五岁

一岁芳辰今至，逢吉日、遇重阳。佳运素怀皆久久，冰心沁墨香。　　塞北归雁去，托祝语、意悠长：此后人生路，尽是好时光。

跋

时维七月，岁在己亥。九陌殊途，清觞集成。诗趣成癖，集石成伙，也一大幸事。将谓天地化育万物，人为灵长，喜怒哀乐因时因事而发；吾生岁月幽深，事多杂芜，衣食住行牵肠挂肚难忘。回首以往，秦灰未冷学士心肝；思属将来，事态或下辩才泪眼。我辈寄生于斯，勉成草萤之明，未获充囊；它日烂柯于野，独对秋毫之末，愧无断腕。铅刀求割，势窄难用；鸡口得志，谁谓无功！苏东坡一酹江月，久执牛耳；孟浩然惘对高皇，已下凌烟。吾等各怀鬼胎，染翰操觚，言情言志，坦呈一得；抑或独忘南柯，与世与人，嬉笑怒骂，踵其九章。吹灯耻与魍魉争光，暗室无惭；书丹笑它鬼物揶揄，壮士乃尔！求学友三，友八直成多多益善之实；（《论语》益者三友。九陌以八人为友。）思辨慎独，慎独不愧屋漏神目之明。七贤已渺，九陌如何？仁智之见，尽在人心。糟糠作赋，谁识高山路远；风月迷津，恁个流水潭深。脾膈间物，掬以示人，月旦之论，俱付萧何。书成不易，得诸君子三余披览，实获吾心。岁月云徂，秋风落日，假我以时，当更有嘉什报与君子也！后世若有知我等者，净手焚香，先浮一大白以证三生，则幸甚矣。

李文佑